권태를 지나는 청춘이 권태를 만나는 너에게

사는게 재미 없어도
반짝이는 순간은 곁에 있어

권태를 지나는 청춘이 권태를 만나는 너에게

사는게 재미 없어도
반짝이는 순간은 곁에 있어

초판 1쇄 인쇄 2020년 09월 05일
초판 1쇄 발행 2020년 09월 15일

지은이 이승석
그 림 E.ZY
표지그림 글사나이
펴낸이 백유창
펴낸곳 도서출판 더 테라스

신고번호 제2016-000191호
주 소 서울 마포구 양화로길 73 6층
Tel. 070-8862-5683
Fax. 02-6442-0423
seumbium@naver.com

ISBN 978-89-958438-5-05

값 13,400원

권태를 지나는 청춘이 권태를 만나는 너에게

사는게 재미 없어도
반짝이는 순간은 곁에 있어

글 / 이승석
그림 / E.ZY

도서출판 THE TERRACE

open

'사는 거 재미있어?'

이 질문에 답은 정해진 것처럼 우리는 말합니다.

'아니 재미없어.'

어쩌다가 우리는 삶에 대한 권태를 이렇게까지 느끼게 된 걸까. 아니면 사는 게 재미있다고 말하는 것이 부끄러워진 걸까. 이러한 생각이 책을 쓰게 된 계기가 됐습니다.

삶이 우리에게 주는 느낌들은 딱딱한 조소의 느낌에 가깝다고 생각합니다. 그러면 이러한 권태를 느끼는 상황 속에서 어떻게 대처를 해야 하는 걸까. 대처한다고 해서 해결되는 문제일까. 그렇다고 가만히 있기에는 자신이 초라하고 외로워 보이기만 합니다. 누군가를 만나서 툭 터놓고 각자가 느끼는 삶에 대한 권태를 공유하는 것은 자신의 나체를 드러내는 기분입니다.

우리는 마음속에 각자가 느끼는 삶에 대한 권태를 응어리처럼 지니고 버티며 살아갑니다. 이러한 감정의 응어리가 정확히 무엇이고, 생기게 된 원인이 무엇이고, 해결방법은 무엇인지, 그런 걸 풀어가기에는 삶을 완전히 이해하지 못했습니다. 그리고 저마저도 작가로서 느끼는 권태에 젖어있었습니다. 그래서 곁에서 절대 틀린 것도 아니고 다른 것도 아니라고 말해주고 싶었습니다.

모두가 삶에 대한 재미와 권태를 큰 진폭으로 가지고 살아갑니다. 그 진폭을 바로잡으려고 하는 게 아니라, 진폭의 변화상황을 구체적으로, 일상적으로 보여드리고 싶은 마음입니다. 그것만으로도 충분히 위로와 공감이 생길 수 있다고 생각하기 때문입니다.

목차

지겨워
지루해
그리고
지쳤어

그래도 알아?
여전히 빛나는
너인걸.

1장

쉽게 해서는 안 되나봐,

그 질문은

산다는 게 마음처럼 안되더라고……

쉽게 해서는 안 되나 봐, 그 질문은

사는 거 재밌어?

살아간다는 건 어쩌면 질문의 연속일 수 있다. 어디를 가도, 누구를 만나도, 수많은 질문이 넘쳐흐른다. 어떤 질문들은 답보다 질문을 다시 해주기 바라는 것들도 많다. 또 어떤 것들은 질문을 틀어막으면서 역질문을 하는 것들도 있다. 그렇게 질문들은 뒤섞이면서 '나'라는 존재에 대한 질문으로 모이기도 한다.

양말이 젖지 않을 정도의 비가 오는 날이었다. 가볍게 맥주를 마시려고 친구를 만났다. 술을 마시다가 둘 다 취하게 됐다. 별것도 아닌 이야기에 웃음이 나고 옛날 추억 이야기를 하면서 쏠쏠하기도 했다. 하지만 동시에 그런 추억을 같이 나눴다는 생각에 뿌듯함도 들었다. 그러다 무심코 친구에게 '사는 거 재밌어?' 이런 질문을 했다.

어떤 질문들은 의도와 다르게 받아들여지는 경우가 있다는 걸 알고 있었지만, 전혀 조심해야 할 이유를 느끼지 못했던 질문이었다. 친구는 알 수 없는 미소를 보이며 혼자 술을 더 마셨다. 우리는 한 시간처럼 느껴지는 몇 분의 정적을 가지게 됐다.

무심코 뱉은 그 질문을 곱씹어보기 시작했다. 술에 취해서 그런 건지 모르겠지만 뭐라고 딱 정할 수 없는 감정들이 떠오르고 나 자신도 그 질문에 대답을 망설여지게 됐다. 살아가면서 재미있는 것들은 많을 수 있다. 산책하는 거, 게임하는 거, 쇼핑하는 거, 술을 마시는 거, 등등 얼마나 재밌는 게 많은가. 하지만 살아가면서가 아니라 사는 거 자체가 재미있는지에 대한 질문은 재미있다고 생각했던 그 모든 것들을 의미 없게 만들어버렸다.

생각이 생각을 낳으면서 복잡해져 갈 때쯤, 친구는 사뭇 다른 분위기로 나에게 말을 하기 시작했다.

'사는 거 재미없어.'

그때 느꼈다. 이 질문은 쉽게 해서는 안 된다고. 그리고 친구는 말을 이어갔다.

'산다는 게 마음처럼 안 되더라.'

친구의 그 한 마디로 인해 우리는 각자가 가지고 있는 삶에 대한 재미를 권태로 느끼기 시작했다.

'사는 거 재밌어?' 이 질문 하나로...

살아간다는 건 사람에 치이면서도 사람과 붙어서
지내는 것이 아닐까!

그럴 수 있는 것들이라서 오싹해.

　나는 어려서부터 어머니에게 많은 사랑을 받아온 사람이다. 어머니는 사소한 나의 행동 하나하나에 의미를 부여해주셨고 칭찬을 아끼지 않으셨다. 얼마 전 어머니에게 옛날 나의 모습을 들었다. 개구쟁이면서 호불호가 딱 정해져 있는 성격이었다고.

　그 말을 듣고 조금 당황했다. 지금의 나는 전혀 그러지 못하고 있었기 때문이다. 성인이 되고 작가의 길을 걷기 시작했다. 다양한 사람들의 이야기를 들었고 때로는 양해를 구하고 녹음기를 틀어놓은 상태에서 대화를 하면서 사람 사는 이야기를 듣다 보니 입에 베어버린 말이 있다.

　'그럴 수도 있겠다.'

　모든 이야기는 이유와 서사가 있었다. 이유가 있어서 이해가 됐다. 근데 역설적으로 이해가 돼서 문제였다.

　'그럴 수도 있지'의 범위가 무서워지기 시작했다. 모든 건 그럴 수도 있는 일이 되었기에 나의 주관으로 간섭해서도 방해해서도 안 됐다. 결국 그 범위가 확장될수록 넓어져만 가는 그 범위 안에 '나'라는 사람이 지워져 갔다.

그렇다면 그럴 수 없는 일은 있기는 했던 것일까?

우리는 지쳐버린 건 아닐까. 서로의 알맹이를 나누는 대화의 과정에서 '그럴 수도 있지'의 타협점을 찾지 못하고 포기해버린 느낌이 들었다.

살아간다는 건 사람에 치이면서도 사람과 붙어서 지내는 것이다. 사람이라는 존재에게 우리는 감정을 너무도 크게 소비해버린다. 대화 안에서 최소한의 자신을 지키기 위함인지 타인에 대한 체념인지 우리는 무심하게 '그럴 수도 있지'라는 말을 뱉으면서 살아간다.

이런 생각을 하면서 산책을 하다 보니 3시간이나 되버렸다. 집에 돌아가는 길에 친구에게 전화가 왔고 자연스럽게 이런 생각들을 이야기했다.

친구는 내 이야기를 끝까지 듣고 이렇게 말해줬다.

'그럴 수도 있겠다.'

나는 전화를 끊고 한숨 섞인 혼잣말로 계속 중얼거렸다.

'그럴 수도 있지... 그럴 수도 있지...'

나는 분명히 삶에 대해 염세를 느끼는 사람이었어.
그래서 그 염세에 공감을 더해서 차근차근 풀어가려고
했는데.. 하다 보면 글작업이 세상을 더 염세적으로
바라보게 만드는 거 같아. 어느 정도 '그럴 수 있지'라고
생각하기에는 내가 느끼는 분열이 너무 심해..
그렇게 보면 내 삶이 가짜가 되는 거잖아.
그러면 내 책에 들어가는 염세가 가식이 되는 거잖아.

분열을 느끼고 있어.
근데 그것마저 사람 사는 세상이야.

　작가로 살아간다는 건 농땡이나 피는 것처럼 보일 수 있다. 주어지는 업무가 있는 것도 아니고 쓰고 싶을 때 작업을 하고 하기 싫으면 쉴 수 있기 때문이다. 하지만 반대로 꽤 피곤해 보일 수도 있다. 사소한 감정 하나를 놓치지 않으려고 온종일 모든 감정의 신경을 곤두세우고 살아가기 때문이다. 내 주변 친구들이나 어른들이 나를 부러워하는 경우가 종종 있다. 다들 비슷하게 이런 말을 한다.

　'나는 사는 게 너무 재미없는데, 넌 하고 싶은 거 해서 부럽다.'

　그런 말을 들을 때 내 이야기를 길게 하지 않는다. 부러워하는 마음만으로도 슬픔이 눈빛으로 보였는데 작가로 살아가는 '재미없음'을 설명해주면 슬픔에 혼란이 더해질 거 같기 때문이다. 하지만 그런 말을 들을 때마다 사실 말해주고 싶었다.

　'저도 사는 게 재미없어요.'

매일 같은 감정을 느끼고 같은 산책을 하고 같은 책을 읽으며 살아간다. 감정에 치여 살아서 무언가를 느끼면 적어내야 한다는 생각이 앞선다. 그래서 온전히 나의 감정이라고 느끼지도 못한다.

책 작업을 시작하면 감정이 그 책에 맞춰진다. '삶에 대한 권태'를 다루는 책을 내려고 하고 나서부터 원래 내가 느끼던 권태를 노력까지 해서 더 품으려고 했다.

어느 순간부터 가식이 느껴졌다. 내가 쓰는 문장마다 가짜가 들어가는 기분이었다. 이 정도까지의 권태를 느끼지는 않았는데 조금 과한 권태를 쓰고 있는 나를 발견했다. 작가로서 느끼는 감정을 그대로 담아내는 것, 그것이 나의 역할이었지만 노력을 해야 하고 더 잘하려고 하면 본연의 것에 조금씩 다른 것들이 들어간다. 그래서 삶을 녹여내는 나의 일이 삶을 꾸며내는 거처럼 바뀐 거 같다는 생각이 들곤 하지만 알게 되는 것이 있다.

'사는 게 재미가 없구나.'

나라고 다른 것도 아니다. 가짜를 적어내면서 생겨버린 부끄러움이나 죄책감이 사는 걸 재미없게 만들었다. 나를 부럽다고 하는 사람들이 말하는 삶에 대한 권태와 내가 느끼는 권태가 모양은 다를지 모르겠지만 결국 똑같다는 것이다.

'가짜로 살아가는 걸 노력까지 해야 하는 거.'

다른 모양이더라도 권태가 담고 있는 응어리는 같다. 모순적이지만, 그런 생각이 들고 나서 나는 가식이 담긴 글을 이어갈 수 있게 됐다.

나라고 다르지 않은 사람이었고, 나라고 다르지 않은 감정의 고리에 허우적대며 혼란을 느끼는 사람이었기에... 그 혼란 자체가 결국 사람 사는 이야기이기 때문이다.

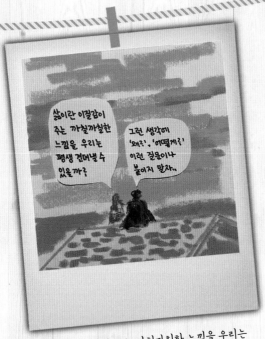

1. 삶이란 이질감이 주는 까칠까칠한 느낌을 우리는
   평생 견뎌낼 수 있을까?
2. 그런 생각에 '왜?' '어떻게' 이런 질문이나
   붙이지 말자..

이질감에는 너무 많은 질문을 붙이지 말자

고등학교를 입학했을 때
재수를 시작했을 때
삼수를 시작했을 때
대학교에 들어갔을 때
작가를 시작했을 때

'이게 정말 맞는 걸까?' 이런 생각을 놓아본 적이 없었던 거 같다. 어쩌다가 20대 중반의 나이까지 오게 됐지만 내가 살아온 삶은 지금의 '나'와 많이 동떨어진 기분이다.

'나'는 시간에 떠밀려서 오게 된 것은 아닐까? 그리고 '삶'은 까칠까칠한 것들 속에서 구르다가 겨우겨우 지금 '여기'라는 공간에 도착한 것은 아닐까.

얼마나 역설이지 않은가. 내가 살아온 삶인데 '나'와 '삶'을 분리해서 바라보게 된다는 게. 하지만 나이가 들수록 더욱더 그렇게 보이기만 했다. 결국, 그 둘 사이에서 생겨나는 괴리감에는 너무도 많은 질문이 달렸다.

'잘 살아온 거 같아?'
'잘하고 있니?'
'왜 그렇게 사니?'
'어떻게 하려고?'

그 질문들의 대답을 나도 알고 싶다. 정말 간절하게 알고 싶다. 어떤 대답이 그 둘을 하나로 합쳐줄 수 있을까. 나는 그 질문들을 회피하고 책임지기 싫어하는 정도로 어리지는 않다. 그냥 정말로 모르기 때문이다.

다만 하나 확실한 건 우리, 모두가 견뎌내고 있다는 거다. '삶'과 '나', 이 둘이 주는 그 까칠까칠한 이질감을.

시간이 흐를수록 기분 더러운 방향성이 생겼어. '맞아,
그때도 이럴 때 기뻤어.', '맞아, 그때도 이럴 때 슬펐어.'
자꾸 이런 장면들이 중첩되다 보니까.. 순서도 역순도
아닌 아주 냄새나는 그런 방향성이 생겼어.
그걸 인지하니까, 그냥 다 대충 넘어가고 싶어졌어.
대충 넘어가고 싶어지니까 사는 게 재미없어졌어.
어쩌면 이 냄새나는 방향성이 공허를 만들었을지도 몰라.
근데, 우리는 그 공허라는 공간을 벗어나서는 안 돼.
그러면 진짜로 '대충'도 없어지니까..

더러운 방향성이 생겨버렸어.

'그때도 이랬지...'

시간이 지나면서 감정들이 일정한 틀 안에 가둬지는 느낌이 들기 시작했다.

감정은 첫인상이 강렬하다. 그다음부터는 첫인상의 잔상에 묻히고 또 묻히기를 반복한다. 우리는 크게 기쁨과 슬픔의 감정을 가장 많이 느낀다.

첫 슬픔을 느꼈을 때, 헤어 나오지 못하는 고통 속에서 살면서 공허함만이 가득했던 기억이 있다. 그다음, 비슷한 슬픔을 겪을 때, 괴로웠지만 처음보다는 괜찮았다. 그리고 그다음의 슬픔이 찾아오기 전, 나는 예상을 해버렸다.

'이제 곧 그 슬픔이 오겠네.'

예상하고 나니까, 슬픔이라는 감정을 대충 대하고 싶다는 생각이 들었다.

'어차피 그 감정도 이렇게 찾아오고 없어질 테니까'

이런 순서가 내 감정구조 안에 자리 잡아버렸다. 그래서 더 이상 감정을 온전히 느끼고 싶지도 않고 다가오는 감정을 그 순서에 내던져 버리고 싶었다.

'어차피 다 재미없으니까'

상황이 그려지고 감정이 예상되다 보니 결국 재미가 없어졌다. 모든 걸 다 아는 거 같은 기분이 들었고 다 그냥 대충 해버리고 싶었다. 많은 감정이 만들어내는 공간을 우리는 예측하면 안 되는 걸까. 예측하지 않고 그 공간에서 끝없이 허우적대야지 사는 게 재미있게라도 느낄 수 있을까. 하지만 그러기에는 너무 늦었다.

나도 모르게 감정을 대하는 나의 태도는 공허라는 공간을 혐오할 정도로 방어적으로 변해버렸다. 그리고 그 공간에서 빠져나오고 나서는 감정의 순서와 삶의 전반적인 냄새를 다 파악했다는 듯이 거만해졌다. 그러니 어쩌겠는가. 그냥 어쩔 수 없이 또다시, 여전히 재미없는 거지 뭐.

1. 보이지도 않는 것들을 자꾸 스스로에게 되묻고
   있는 거 같아..
2. 너무 그러지 마. 비가식적인 것들은 되새김질 될수록
   이상한 소리들이 스며들게 되잖아. 결국, 질문의 본질은
   흐릿해지고 어떤 문장으로 다듬어지더라도 징그러워져.
3. ...

되새길수록 징그러워져.

기대가 없다면 우리는 질문을 하지 않을 것이다. 특히나 비가시적인 것들에게 우리는 더욱 그럴 것이다. 사랑, 행복, 우정, 진심, 솔직함, 슬픔, 우울함...

우리는 이러한 비가시적인 것들에 대하여 알게 모르게 너무 큰 기대를 한다. 다시 말하면 비가시적인 것들에 대하여 자신이 듣고 싶은 어떠한 답이 있다는 것이다. 그래서 기대하고 질문하며 그 답을 듣기를 원한다. 하지만 정작 그 답이 뭔지는 모른다. 그래서 계속 질문만을 반복한다.

몇 년을 연애하고 헤어진 친구를 만났다. 그 친구는 같은 말을 조금씩 다르게 했다.

'사랑이 진짜 있는 걸까?'

그가 하는 말은 결국 이 질문이었다. 그 질문은 '있다', '없다'의 답으로 해결되는 것이 아니었다. 그래서 계속 스스로 되묻게 된다. 그러면서 자신도 모르게 여러 가지 경험들과 기억들을 질문 안에 혼합해서 받아들인다.

결국, 그 친구는 '다시는 사랑 안 해' 이런 말을 했다. 충분히 이해했고 너의 말이 다 정답이라고 말해줬다. 친구는 울기 시작했고 나는 어떠한 말도 하지 않고 곁에 있어 줬다. 그 친구를 보면서 이런 생각을 했다.

인간은 비가시적인 것에게 기대를 하고 그 끝에는 이렇게 꼬여버리는 모습이라니. 그리고 몇 주가 안 돼서 그 친구에게 연락이 왔다. 친구는 너무도 행복한 목소리로 새로운 사람을 만나서 사랑을 시작했다고 말해줬다.

'축하해, 좋은 사람 만나서 다행이다'

나는 별다른 말을 하지 않았다. 이게 전부였다. 순간, 감정에 기대하면서 그렇게 상처받고 자신에게 되묻기만 하는 그 질문들이 징그럽다고 생각했다. 그런데 조금만 더 생각해보니까 그게 아니었다.

그냥 그런 생각을 했던 '나'라는 사람이 징그러웠고 부끄러웠다. 비가시적인 것들이 마치 눈에 보이듯이 생각하고 속으로 친구를 한심하게 바라봤었던 내가 징그러웠다. 나 자신이 징그러워서 되새기는 질문들이 징그러워 보였던 것이었다.

눈에 보이지 않으면 그냥 놔두는 것이다. 눈에 보이지 않는 감정들에 대하여 어떠한 평가도 하는 것이 아니다. 발걸음이 느려지기 시작했고 왠지 모르게 마음이 편해졌다. 마음속으로 내려놓지 못했던 질문과 대답을 조금은 놓아줄 수 있을 거 같다.

너무 정직한 대답에 용기가 줄어드는 건 .

당연한 거 아닐까?

너무 정직한 대답은 정적을 가져오나봐.

'너라고 그러지 않은 거 같아?'
이 질문에 떳떳하게 말할 수 있는 사람이 있을까?

학창시절에는 스마트폰 없어서 친구가 그리 많지 않았다. 그래도 곁에 남은 친구들이 있다. 비슷한 성격의 친구들이었고 매일 봐왔기에 서로 모르는 게 없다고 생각할 정도로 가까웠다.

성인이 되고 나서 나는 작가가 됐다. 친구들도 각자 자기의 것을 찾아가기 시작했다. 자주 만나고 시시한 이야기로도 웃으며 시간 가는 줄 모르던 우리였지만, 어느 순간부터 카톡방은 조용해졌고 명절 때나 돼서야 안부 연락을 보내게 됐다. 하지만 오랜만에 만나도 어제 만난 거처럼 반갑고 즐거웠다.

학교 시험이 모두 끝나고 우리는 겨우겨우 시간을 맞춰서 만나게 됐다. 그동안 살아온 이야기를 나누고 서로 이렇게 될 줄 몰랐다면서 신기해하고 자랑스러워했다. 그러다 한 친구는 우리에게 이런 말을 했다.

'요즘 애들 열심히 좀 하지, 진짜 다들 게을러서'

그 친구는 어려서부터 공부를 잘해서 어디를 가도 칭찬만 받는 친구였다. 그렇게 명문대를 갔고 거기에서도 장학금을 받으며 지냈다. 맞는 말이었다. 하지만 우리는 바로 말이 나오지 않았다. 게을렀던 나를 알기에, 게으르지 않았던 나를 알기에. 어쩌다가 당연히 맞는 말에 우리는 침묵하게 되며 망설이게 된 걸까. 어영부영 나는 친구에게 욕 섞인 장난을 하면서 웃어넘겼다.

산다는 게 다 그런 거 아닐까. '그랬던 자신'을 알기에, '그렇지 않았던 자신'을 알기에 정직한 대답에 용기가 줄어드는 거. 우리는 새벽까지 술을 마셨고 모두 취해서 흔해 빠진 '다음에 또 보자'라는 말을 하고 헤어진 새벽 공기는 너무 추웠다.

택시를 타기에는 가깝고 걸어가기에는 조금 먼 거리… 그냥 노래나 들으면서 걸어가려고 이어폰을 귀에 꽂는 순간 그 친구에게 전화가 왔다. 술에 잔뜩 취한 목소리였다. 나라고 안 취한 건 아니지만 멈춰서 정신을 차리면서 받았다. 그 친구는 이렇게 말했다.

'너무 정직하게 말해서 미안해, 나라고 그런 것도 아닌데'

나라고 그 사과를 받을 만한 사람은 아니다. 어쩌면 그 친구는 나에게 하는 말이 아니라 본인에게 하는 말일지도 모르겠다는 생각이 들었다. 나는 대답했다.

'나도 미안해'

1. 나는 바보들이라도 염세를 안 느꼈으면 해

2. 우리도 얼마전까지 바보였는데 뭘..

3. 우리의 잘못이 뭘까?

4. 바보를 벗어나려 했던 거, 그러면서 동시에 바보를
   동경했던 거 또 동시에 바보를 평가했던 거.

우리는 결국 바보가 되었어.

바보 : 지능이 부족하고 정상적으로 판단하지 못 하는 사람.

산다는 건 지루함의 반복이다. 오늘도 어제와 다르지 않을 거고 내일도 오늘과 다르지 않을 것이다. 어쩌다가 이러한 지루함에 빠져버린 걸까. 이렇게 살려고 살아온 게 아니다. 우리는 단지 바보에서 벗어나려고 했었다.

졸업 전에 바로 대기업에 입사한 학교 선배를 만났다. 형은 예전부터 습관처럼 취직에 실패하는 사람들을 '바보들'이라고 불렀다. 형은 바보들 사이에서 벗어나서 당당하게 졸업을 하기 전에 대기업에 입사했고 모두에게 우상이 되었다. 그런 형이 나를 만나서 뱉은 첫마디가 나를 당황스럽게 했다.

'사는 게 지옥이다. 바보들이 부러워.'

나는 말문이 막혔다. 형의 그런 나약한 모습을 처음 봤을 뿐더러 눈빛에서 살려달라는 강렬한 느낌을 받았기 때문이다. 형이 그동안 '바보'라고 불렀던 사람들은 뭐였을까. 이제껏 사는 게 지옥이라는 것을 체감하지 못하는 '바보'가 부럽다고 말하는 거 같았다.

　형은 담배를 연달아 3개를 피고 먼저 가보겠다고 했다. 뒤돌아서 가는 형의 뒷모습은 형이 그렇게 입에 달고 살던 '바보들'과 전혀 다르지 않아 보였다. 형은 가던 길을 멈추고 뒤돌아서 나에게 한 마디를 해줬다.

　'나. 삶에 대해 염세를 느껴.
　난 너라도 안 그랬으면 좋겠다.'

　형의 말은 뭐였을까. '바보'를 벗어나지 말라는 것이었을까. 아니면 탈피를 해도 '바보'에 불과하다는 것을 받아들이라는 것이었을까.
　몇 달 뒤, 친구들을 통해 소식을 들었다. 형이 대기업에 사직서를 냈다는 것이었다. 하지만 형이 '바보'로 돌아간 느낌은 아니었다.

　'바보'를 벗어나려고 하면서 '바보'를 동경했던,
　하지만 자신을 버텨내지 못했던 것처럼 느껴졌다.

1. 엄마는 배부른데 자꾸 과일 먹으라 하고, 씻고 오면
   물기 닦으라 하고 더워죽겠는데 꼭 옷 입고 자라하고
   내가 무슨 애야?
2. 너 방금 되게 큰 실수했어.
3. 왜?
4. 그게 엄마의 유일한 행복이야. 넌 그걸 박탈했어.
   그냥 '고마워' 이 한마디면 되는 걸 가지고..

'고마워' 이 한마디면 되는 걸 가지고.

　다섯 시간 동안 책상에 앉아있었는데 한 문장도 나오지 않은 날이었다. 스스로 너무 한심하고 모든 게 싫었다. 하지만 이런 나의 마음을 이해해주기를 바라는 건 저버린 지 오래다. 그래서 친구에게 전화하려다가 핸드폰을 내려놓고 천장만 계속 바라봤다. 이런 감정이 오가면 속상한 건 어쩔 수 없다.

　친구들은 직장에서 일이 잘 안 풀리거나 상사에게 욕을 먹으면 공감하며 대신 욕해주는 사람들도 있지만 나는 달랐다.

　감정이 무너져서 글이 잘 안 나왔다는 말을 하면 사람들은 다들 이해하지 못하고 아무렇지도 않은 거 가지고 왜 그러는지 궁금해 하는 표정들이다. 근데 사실 이 모든 게 나의 자격지심이고 열등감에서 나온 걸 안다.

　내가 하는 예술은 밥벌이도 안 되고 크게 인정을 받지도 못해서 누구에게 당당하게 힘든 걸 이야기한 적도 없었다. 그러니 사람들은 당연히 이해하기 더 어려웠을 거다. 그러던 와중

엄마에게 전화가 왔다. 전화를 받자마자 잔소리를 하면서 걱정하기 시작했다.

'밥은 잘 먹고 사니?'
'담배 피우니까 과일 좀 많이 먹어라'
'잘 때 옷은 입고 자니?'
'잠은 충분히 자면서 지내니?'
...
...

엄마의 계속되는 잔소리에 나는 예민해지기 시작했고 결국 화를 내고 말았다.

'엄마 내가 애야? 진짜 그만 좀 해.'

왜 나는 제일 소중한 엄마에게 내가 속상한 걸 풀어버릴까. 내가 미웠다. 엄마는 말이 없으시다가 한마디를 하시고 전화를 끊으셨다.

'아들, 엄마가 미안해. 너무 애쓰지 않아도 돼.'

그깟 글이 뭐라고 하나뿐인 엄마에게 상처를 줬던 걸까. 전화를 끊자마자 눈물이 흘렀고 도저히 멈추지 않았다. 작가로 살아가면서 행복이라고는 글이 잘 나오고 책이 완성되는 거뿐이어서 엄마의 행복을 잊었었다. 엄마의 행복은 큰 게 아니었다.

하나뿐인 아들이 밥은 잘 챙겨 먹는지, 따듯하게는 자는지 건강하게 지내는지, 그걸 걱정하고 챙겨주는, 그게 엄마의 유일한 행복이었다.

나는 엄마의 행복을 박탈한 거다. 내가 어떤 감정으로 어떤 일을 하는지 보다 중요한 게 부모님의 행복에 웃음을 드리는 일이었는데. 그저 작가로 자랑스러운 아들이 되는 게 효도라고만 생각했던 게 죄송스러운 마음이었다.

나는 겨우 눈물을 멈추고 나서 엄마에게 문자를 보냈다.

'엄마, 죄송해요. 사랑해요'

나만 몰랐던 거 같았고 모두가 다 알고 있던 것은 아닐까.

그게 남은것이 아닐까

또 남아버렸어.

    나는 어떤 자리에 가도 잘 섞이지 못한다. 낯을 가리는 성격
은 아니다. 하지만 어디를 가도 항상 나답지 못하다는 생각이
든다. 그래서 어떤 자리도 끝나고 나면 공허한 기분이 든다.

    특히 술자리가 끝나고 나면 나라는 사람이 휘발되는 게 체감
될 정도로 모든 게 허무하게 느껴질 때도 있다. 그럴 때마다 술
취한 척을 조금 하면서 친구에게 전화를 건다. 그 술자리에서
왜 내 모습을 표출하지 못했는지를 말한다. 그리고 그 자리에
서 진짜 내가 하고 싶었던 이야기를 친구에게 한다. 친구는 내
주사가 전화라는 것을 알았기에 그냥 아무 말 없이 들어주기만
을 한다. 얼마 전, 술에 취해서 전화를 걸고 친구에게 이런 말
을 했다.

    '이 전화도 끝나면 뭔가가 남게 되겠지?'

    너무 취했던 걸까. 나도 모르게 숨겨버리고 마는 나다움이
무서웠던 걸까. 솔직한 마음을 털어 놓으려고 전화를 했는데

친구에게마저도 저런 말을 해버렸다. 친구는 말이 없다가 조심스럽게 나에게 말했다.

'아마 그러겠지...'

친구는 그걸 알고 있었다. 완전한 나다움으로 누군가를 대할 수 없다는 것을.

우리는 사람들을 만나면서 나다움을 알게 모르게 숨겨버린다. 그리고 숨겨버린 그것을 이야기하고 싶어서 또 다른 사람들을 만난다. 하지만 만나게 되면 또 다른 나다움을 숨겨버리게 된다. 결국 남겨짐의 무한한 반복뿐인 게 우리가 살아가야 하는 삶인 걸까. 조금은 구차해지는 느낌이지만 그래도 나는 친구에게 말했다.

'그래도 너한테 말했던 게 제일 나다워. 진심이야.'

그렇게 전화를 끊고 담배를 입에 물었다.

내가 너무 어리숙하다는 느낌이 들었고 지나가는 사람들이 다 어른이라는 걸 새삼 느끼게 됐다.

나다움을 숨길 수밖에 없다는 것을, 완전한 나다움으로 누군가를 대할 수 없다는 것을, 나만 몰랐던 거 같았고 모두가 다 알고 있던 느낌이었다.

그런 이야기, 모든 게 다 사람 사는 이야기야.

그게 일상이야.

사람 사는 이야기일 뿐이야.

결국, 일상이 일상을 갉아먹는다.

사람들이 북적이는 자리에서는 가장 보편적인 이야기를 해야 한다. 그게 예의일 수도 있고 자신을 방어하는 최고의 방법일 수도 있다.

조금이라도 진지해지거나 재미가 없으면 그 사이에서 제외되기 때문이다. 근데 생각해보면 보편적인 이야기라고 별것도 아니다. 그냥 살아가는 이야기다. 비슷하게 살아가는 사람이 많은 자리면 그 이야기가 보편성을 가질 뿐이다. 절대적으로 보편적인 이야기라고는 존재하지 않는 것이다.

친구와 단둘이 술을 마시고 있는 날이었다. 친구는 우연히 만난 자기 고등학교 동창들과 같이 마셔도 되냐고 나한테 물어봤고 나는 같이 마시자고 했다. 한두 명 정도 오는 줄 알았는데 8명 정도가 오게 됐다. 그 친구들은 1차를 하고 와서 조금 취한 상태였고 각자들 사는 이야기를 하면서 웃음이 끊이지를 않았다.

그중 한 명이 나에게 무슨 일을 하는지 물어봐서 작가라고 조심스럽게 말해줬다. 그리고 자연스럽게 어떤 감성을 담은 책을 썼는지, 어떤 것들을 표현하고 싶은지에 대하여 말했다. 순간 다들 눈치를 보는 느낌이었고 친구는 나를 밖으로 데려갔다, 친구는 나에게 이렇게 말했다.

'그런 이야기는 둘이 있을 때 해'

틀린 말은 아니었다. 그들이 나누는 대화와 내가 하는 말은 전혀 다른 온도였다. 하지만 나는 물어본 거에 대해 답하고 조금의 설명을 한 것뿐이었다. 그리고 그들도 결국 자기 사는 이야기였다. 나라고 다르게 사는 것도 아닌데 내 이야기는 해서는 안 된다는 게 어이가 없었다.

그들의 일상에 내 일상이 갉아 먹히는 기분이었다. 사람이 만나서 사람 사는 이야기 하는 거, 너무도 당연한데 어려운 게 사람 관계라는 것일까.

우리는 자리로 돌아왔다. 어차피 두 번 다시 보지도 않을 거 같은 저 사람들을 위해서 미안하다는 말까지 했다. 미안하다는 말을 하고 나니까. 그 순간으로부터 나의 일상은 죽었다는 걸 확실히 알게 됐다. 하지만, 오히려 그게 마음이 편했다.

1. 이유가 있어야 해.. 이유... 이유가 있어야만 해.
   살아가는 이유.
2. 흘러가는 대로 사는 거 정말 부질없어 보여.
   그저 삶의 재미를 포기하고 하등한 재미에 젖어버린
   느낌이야..

적어도, 단 하나뿐이라도 사는데 이유는 있어 이유가.
이유가 있어야 해, 이유가.

흘러가는 대로 살다가 도착한 곳이 '여기'라는 것을 알기에
는 너무 익숙해져 있었다.

눈을 뜨면 오전이 끝나가는 시간이고 유튜브를 보면서 하루
를 시작한다. 배가 고파지면 밥을 먹고 또 누워서 핸드폰을 한
다. 저녁에 아르바이트를 가고 일이 끝나면 친구들을 만나서
새벽 늦게까지 술을 마신다. 다음날 또 똑같은 하루의 반복. 이
게 작가라는 꿈을 찾기 전 내가 보낸 하루의 반복들이었다.

아무런 목표가 없었다. 내일 몇 시에 일어나야 한다는 목표
마저도 없었다. 어차피 부모님 집에서 살고 최소한의 경제적인
부분을 부모님이 해주시니까 나의 삶에는 어떠한 불편함도 없
었다. 그렇게 사는 게 재밌었다. 마냥 편했다.

하지만, 어느 순간 느꼈다. '사는 게 재미가 없네'

이상했다. 분명히 너무도 편하고 재밌었던 삶이었는데 재미가 없어졌다. 이유가 없었다, 살아가는 이유가.

식당 알바를 하면서 손님들의 이야기를 들었던 게 생각났다. 한 50대 중반의 남성 손님이셨다.

'눈뜨면 일하러 가고 퇴근해서 집 오면 잠들고
가정이 중요하다는 건 알지만 사는 게 재미가 없어.'

그분은 적어도 책임감이 있으셨다. 하지만 나는 내 삶에 대해서 단 일의 책임감도 없었다. 앞으로 나아가는 삶이 아니라. 고통스러운 것을 피하는 삶만을 살았다. 내가 스스로 정해서 성취하는 것들이 하나도 없었다. 친구들을 만나도 결국 하는 이야기는 항상 똑같이 과거 이야기뿐이었다. 그래서 나는 과거에 갇혀서 숨만 쉬면서 살고 있었다.

'내가 왜 살아야 하는 거지?'

이 질문에 대한 고찰과 실천이 없었기에 사는 게 재미가 없었다. 그때의 나는 흘러가는 대로 살면서 수준 낮은 재미에 젖어버려서 나 자신을 놓아 버렸었다.

그 후 목표를 정하고 치열하게 꿈을 찾기 시작했다. 꿈을 찾은 이후부터 하루하루가 지옥처럼 고통스럽고 괴로웠다. 하지만 그래도 재밌었다. 앞으로 나아갔기에, 나를 만들어 갔기에. 내가 왜 살아가는지 조금이라도 알고 있었기에 말이다.

예술이라고 말하면서 창조하는 건
'예술을 향해 근접해가는 과정'
'예술이 뭔지 모르겠다는 솔직함'
'다시 예술을 향해 접근하는 과정'
이것들 뿐이었어. 이 꼬리물기에 지칠 때쯤
꼭 알고 싶어. '예술' 그 자체가 무엇인지..

'예술' 그 자체가 뭔데?

예술이 과연 뭘까?

예술 : 미적(美的) 작품을 형성시키는 인간의 창조 활동

예술의 사전적 정의는 이렇다. 미적 작품이라고 하면 고귀하고 성스러운 것이라고 느껴질 수 있다. 하지만 인간이 자신의 정체성을 보여주는 것, 그리고 그 과정에서 공감과 감동이 발생하는 것, 그것이 예술 활동의 전부이다. 즉 감동을 주는 활동, 그 자체가 예술인 것이다

예를 들어, 남자친구가 여자 친구에게 꽃을 선물해서 여자친구가 감동을 느꼈다면, 꽃을 선물한 행위는 예술인 것이다.

나는 글을 쓰는 작가다. 글을 통해 사람들의 감정을 어루만져주고 위로와 감동을 준다. 감동을 주기 위해서는 사람 냄새에 가까워져야 한다. 그건 사람들의 일상에 집중해야 한다는 것이다.

위의 예시로 돌아가서 여자 친구가 꽃은 좋아하는지 싫어하는지, 어떤 색깔을 좋아하는지, 어떤 향기를 좋아하는지, 이러한 일상의 정보를 파악하여 선물했을 때, 감동은 더욱 극대화된다. 똑같이 사람들의 일상을 구체화하여 감정을 녹여내는 글이 진정한 예술의 가치 실현이다.

한때 나는 예술을 어떤 거대한 메시지를 담는 것이라고 생각했다. 그래서 계속 예술이라는 단어 주변을 맴돌기만을 반복했다. 정작 예술은 사람들의 일상에 존재하는데 예술을 사람과 분리해서 숭고한 가치라고 인식했다. 그러다 보니까 내가 써내는 글들은

'예술이 무엇인지에 대한 고찰'
'예술을 향해 다가가는 과정'
'그래도 예술이 뭔지 모르겠다는 솔직함'

이런 내용에 가까웠다. 이런 내용의 글들은 결국 사람을 떠났고, 감동과 멀어지기 시작했다. 그리고 결국 알게 된 것이다.

'예술은 사람이라는 것을..'

그리고 나는 지금 이렇게 사람을 떠난 예술에서 방황하던 시기에서 사람으로 돌아오게 된 과정을 글로 적고 있다. 이러한 나의 이야기가 누구에게도 적용될 거라고 믿기 때문이다.

사람들은 행복을 맹목적으로 쫓기 시작하면 '사람'을 잊기 시작한다. 눈에 보이고 손에 잡히는 것들로만 행복을 꽉꽉 채우려고만 하게 된다. 하지만 사람을 떠나면 모든 것이 허무하게 느껴지고 감동이 줄어든다.

결국, 우리가 느끼는 모든 것들은 사람에서 시작해서 사람으로 도착하는 그러한 감동의 반복이다.

1. '어쩔 수 없는 것들이었어' 이건 좀 차갑다.
2. '그럴 수도 있는 것들이었어' 이건 너무 무책임하다..
3. '그러면 안 되는 것들이었어'
   이래야 마음이 좀 편해지네..

그러면 안 되는 것들이었어.

  고등학교 동창이던 친구가 하늘나라로 갔다는 소식을 들었다. 친했던 친구는 아니었지만 서로 이름은 알고 있었다. 장례식장을 들어가자마자 울음소리가 들렸다. 가슴이 찢어지는 슬픔의 소리였다. 순간, 나조차 눈물을 흘릴 뻔했다. 하지만 내울음 한 번으로 더 슬픈 사람들에게 눈물을 옮길 거 같아서 겨우겨우 참아냈다.

  장례식장에는 오랜만에 보는 고등학교 친구들이 많았다. 한명, 한 명 인사를 하고 자리에 앉았다. 애들은 모두 말을 아꼈다. 시간이 지나고 친구들은 조금씩 이야기를 하기 시작했다. 애들은 하늘나라를 간 그 친구가 자살을 선택했다고 말해줬다. 친했던 애들은 너무도 큰 죄책감에 고개조차 들지 못했다. 한친구가 이런 말을 했다.

  '어쩔 수 없었잖아...'

  과거는 되돌릴 수 없다. 살아야 하는 사람은 살아가야 한다.

하지만 친구의 그 한 마디는 살갗을 한 번에 베어버리는 것처럼 너무도 차가웠다. 만약 자신의 가족이 하늘나라를 가더라도 저런 말을 할 수 있을까. 너무 넓어지는 상상은 사람의 감정을 더 메마르게 하기에 나는 상상을 멈췄다. 그 친구에게 따뜻한 위로의 통화 한 번이었다면, 이 상황까지는 오지 않을 수 있었을까. 그저 따뜻한 한마디라도 있었다면. 무거웠던 정적을 깨고 한 친구가 이렇게 말했다.

'우리 그랬으면 안 되는 거였어..'

이 한 마디에 친했던 친구들은 눈물을 터트렸고 미안하다는 말을 허공에 울부짖기 시작했다. 그러면서 듣게 됐다. 친했던 친구들은 모두 하늘나라로 간 그 친구가 우울증이 심했다는 걸 알고 있었다고.

나는 먼저 자리를 나왔고 집까지 평소보다 느린 발걸음으로 걷기 시작했다. 우리 모두 자신만 아는 슬픔을 가지고 있다. 그 슬픔을 누구에게도 터놓지 못하고 끙끙 앓아가면서 꾸역꾸역 버텨간다. 그걸 우리는 암묵적으로 '어쩔 수 없는 것들' '그럴 수도 있는 것들' 이라고 받아들인다.

하지만 그런 슬픔은 자연스럽게 어떠한 틈을 통해서 새어 나온다. 우리는 남들의 그런 슬픔을 알게 되지만 자신 또한 저런 슬픔을 짊어지고 살아가기에 암묵적으로 동의라도 한 듯이 대수롭지 않게 여기곤 한다.

너무도 차갑고 무책임하며 불편한 암묵적 동의다. 나는 걸어가면서 고시를 준비하고 있는 친구에게 전화를 걸었다. 그리고 다짜고짜 이렇게 물었다.

'많이 힘들지? 미안해 더 들어줬어야 했는데'

친구는 당황했고 웃으면서 왜 그러냐고 말했다. 하지만 친구는 조심스럽게 말해주기 시작했다. 집까지 20분이면 가는 길이었지만 통화를 하면서 2시간이 걸려서 집 앞에 도착했다.

전화가 끝나갈 즈음에 친구는 나에게 말해줬다.

'고마워, 전화해서 물어 봐줘서'

나는 내가 더 고맙고 또 전화하겠다고 말했고 전화를 끊었다. 집에 들어가기 전에 마지막 남은 담배를 꺼냈다. 혼잣말로 나는 이렇게 중얼거렸다.

'암묵적인 동의 같은 거 없는 거야.. 없는 거야.
그러면 안 되는 거야..'

걷다 보면 어떤 생각을 떠올리고 동시에 또 어떤 생각을
가라앉혀. 불규칙하게 생기는 그 사고의 파동마저
규칙적으로 만들어버리는 게 찌들어버린 삶인 거 같아.

찌들어버린 삶이 만들어버린 규칙성

삶은 크게 두 가지의 톱니가 맞물려서 돌아간다.

하나의 톱니는 나도 모르게 정해져 있는 일상의 반복, 또 다른 톱니는 그러한 일상에 대한 질문의 반복, 그 두 개의 톱니가 너무도 잘 맞게 굴러가서 삶은 그냥 찌들어버렸다.

어쩌다가 이렇게 된 건지는 모르지만 하루하루가 무서울 정도로 똑같다. 일단 내가 살아온 삶이기 때문에 그러한 반복을 만들어낸 건 나 자신이 맞다. 그리고 우리는 그러한 삶에 대해서 끊임없이 질문한다.

'어쩌다가 이렇게 살게 된 거지'

'왜 이렇게 된 거지'

'앞으로 어떻게 해야 하는 거지'

이런 질문들은 결국 다양성을 잃게 되고 셀 수 있을 정도의 질문으로 간추려지게 된다. 그리고 그 질문의 톱니와 일상의 톱니가 너무도 똑같이 맞물려서 굴러간다. 삶에 대한 권태와 그 권태에 대한 회의적인 질문이 맞물려서 반복되면서 삶은 재미없게 느껴진다.

삶에서 느끼는 다양한 감정들, 그 위에 지배적으로 존재하는 것이 찌들어버린 삶의 반복성이다. 그 과정에서 기쁨과 슬픔이 찾아오고 행복과 불행이 찾아온다. 그 모든 건 찌들어버린 삶에서 파생되는 것이기에 우리는 이렇게 느껴버린다.

'사는 게 재미가 없다'

그렇게 두 개의 톱니가 돌아가다가 뒤틀리는 순간이 있다. 그때가 바로 이러한 질문으로 세상을 정지시킬 때이다.

'삶은 어디서 온 거지'

개별적인 삶이 아니라 보편적인 범주의 삶, 그 삶의 근원에 대한 질문이다. 그 질문을 자신에게 묻게 되는 순간 잘 굴러가던 톱니는 정지하게 된다.

그리고 맞물려가는 규칙성을 파괴할 수 있는 가능성이 주어진다. 그 질문에 대한 명확한 답을 해야지만 되는 게 아니다.

다만 그 질문에 대한 충분한 모색이 필요하다. 그리고 그다음 흐릿하게라도 질문을 향해 어떠한 윤곽을 파악하면 된다. 하지만 우리는 얼마 못 가서 이런 생각을 한다.

'그냥 자고 나서 생각하자.'

결국, 일어나면 언제 그랬냐는 듯이 두 개의 톱니는 아무렇지도 않게 또다시 맞물려서 굴러간다. 더 무서운 건 이렇게 톱니가 정지되는 것마저도 이제는 규칙적으로 일어나고 우리는 또다시 똑같이 반응하게 된다는 것이다.

2장

다르면 부러워지나 봐

그게 뭐든 간에

1. '뭔가 다른 삶이겠지?' 이런 생각이 드는 순간
   부러움이 생기더라. 그게 좋은 삶이든 나쁜 삶이든..
2. 당연한 거 아니야?
3. 당연한 거지. 근데, 그렇게 툭하고 던지듯이 말해버리면
   내 삶은?
4. 나의 삶이라..

다른 삶인 거 같으면 부러워져

미친 듯이 벗어나고 싶어. 그냥 나의 삶을.

법을 어기는 삶이 아닌 이상, 삶을 도덕적 관념 위에 올려놓을 수는 없다. 아니, 그래서는 안 된다. 하지만 그렇게 평가받는 게 우리가 살아가는 삶이다. 하지만 삶을 향한 부러움은 옳고 그름과 전혀 다른 영역의 문제였다.

몇 년 전, 제주도를 놀러 간 적이 있다. 혼자서 하는 여행이어서 게스트하우스로 예약했고 다양한 사람들을 만났다, 그중에서 TV로만 보던 금수저인 분과 이야기를 하게 됐다. 이야기는 뻔한 자기소개 같은 것들이었다. 작가치고는 비교적 어린 나이어서 그분은 나를 궁금해 했다. 여행의 분위기 때문인지 이야기가 무르익으면서 형, 동생 하게 됐고 연락처를 교환했다. 형은 서울에서도 꼭 보자는 말을 했다. 나는 최대한 예의 있게 꼭 보자는 말을 하고 여행은 끝났다.

그리고 며칠 전, 우연히 그 형에게서 연락이 왔다. 조금은 낮

설기도 하고 어색했지만 만나게 됐다. 그동안 살아온 삶을 나눴다. 카페에 있다가 날씨가 좋아서 밖으로 나가서 산책하게 됐다. 걷다가 길거리 노숙자분들이 눈에 들어왔다. 그분들은 신문지 몇 개를 가지고 다투고 있었다. 형은 그 장면을 보면서 진지하게 이런 말을 했다.

'부럽다..'

나는 순간 놀랐다. 금수저여서, 너무나 다른 수준의 사람이어서 비아냥거리는 말투가 아니었다. 같은 말이라도 진심인지 아닌지가 알 수가 있을 만큼 형의 그 말은 진심이었다. 나는 형한테 물어봤다.

'형 뭐가. 부러워요?'

형의 대답은 어이가 없었다.

'그냥 내 삶이 아니어서..''

더 이상 물어보기에는 선을 넘을 거 같다는 생각이 들었다. 하고 싶은 걸 다 할 수 있는 게 형의 인생이다. 모두가 부러워하는 삶이다. 하지만 정작 형의 눈빛은 슬퍼 보였다. 잘난 삶, 못난 삶, 그런 문제가 아니었다. 내가 살아본 삶, 내가 살아보지 않은 삶, 그 문제였다.

이렇게 모든 걸 다 가진 사람마저도 자신의 삶에 권태를 이토록 느낄 수 있다는 게 조금은 허무했다.

저 노숙자분들은 얼마나 형의 인생을 부러워하겠는가. 어쩌면 형은 주어지지 않는 삶을 동경하고 있었는지도 모른다. 이루고 싶고 가지고 싶기도 전에 모든 게 옆에 있는 삶이었기에 삶의 재미라는 걸 잃어버린 것이다. 그래서 제주도 여행 때, 나에 대해 그렇게 궁금했던 것도 이런 이유였다는 생각이 들었다.

그런다고 나의 삶이 대단하게 느껴지지는 않았다. 나마저도 형의 삶을 부러워하지 않았다고 하면 거짓말이니까.

결국, 모든 건 부러움의 대상들뿐이다. 대단하지도 않은 삶들이 모두 부러움의 대상이다. 그렇다고 자신의 삶을 내던지고 벗어나지는 못하는 채로...

모두의 삶은 타인의 삶을 부러워하면서 부러움의 대상이 된 것이다.

기다리는 것은 누군가에게 묵묵히 용기를 주는 일

사는게 재미 없어도 반짝이는 순간은 곁에 있어

이러지도 저러지도 못하는 것들뿐이야.

모두가 이런 경험이 있었을 것이다.
근데 어쩌겠는가. 살아보려고 하는 건데

나는 비교적으로 슬프거나 괴로운 일을 삭히기 보다는 말하는 성격이다. 마음속의 감정을 말로 뱉어냈을 때, 마음속으로만 담고 있는 경우와 사뭇 달라질 때가 많다.

그래서 마음속의 감정과 내뱉어지는 감정 중 뭐가 진짜인지를 떠나서 다시 한 번 나 자신을 되돌아볼 수 있다는 것에 가치를 둔다. 하지만 자신의 감정을 뱉어내지 않고 마음 안에 꾹꾹 눌러 담는 사람들도 많다.

내 친구 중 한 명이 그러한 성격이다. 잘 지내는지 물어보면 항상 그렇다고 말한다. 괜찮은지 물어보면 항상 괜찮다고 말한다. 물론 대화를 할 때마다 그게 진짜인 건지 궁금하고 걱정이 돼서 되묻고 싶기도 하지만 그러한 대답을 하기까지, 그 친구의 감정을 존중하기에 더 나아가는 질문은 하지 않는다. 다만 이렇게는 말을 한다.

'항상 네 편이니까, 편할 때는 다 말해도 돼'

그러면 친구는 씩 웃으면서 알겠다고 말하고 끝이 난다.

오늘도 어김없이 글 작업을 하면서 새벽 4시가 넘어가고 있었
다. 작업실을 나가려고 노트북을 닫고 눈을 비비던 중 친구에게
전화가 왔다. 술에 조금 취한 거 같았고 목소리가 평소와 다르
게 불안정했다. 친구는 거두절미하고 나에게 이렇게 말했다.

내가 왜 내 이야기 말 안 하는지 알아?

친구는 한숨을 한 번 깊게 내뱉고 말을 하려다가 멈췄다. 또
말을 하려다가 멈추기를 반복했다. 감정을 드러내는 건 엄청난
용기가 있어야 가능한 일이라는 걸 알았기에 나는 묵묵히 기다
렸다.
친구는 조심스럽게 말을 시작했다.

'말해버리면 내가 느껴, 아무것도 아니었다는 걸'

또다시 친구는 조금 머뭇거리다가 말했다.

'근데, 아무것도 아니라고 생각이 드는 동시에 뱉어내고 보면 복잡해져'

친구의 말을 듣자마자 내가 자주 했던 말이 생각났다. 나는 사는 게 재미가 없었다. 그래서 누군가와 이야기만 시작되면 사는 게 재미없다고 말했다. 그렇게 뱉고 보니까 별것도 아니었다. 그냥 너무 당연하기도 하면서 의외로 재밌는 일들도 많았고 그냥 그랬다. 근데 뱉어내고 나니까 동시에 재미있던 것들도 재미없게 느껴지며 생각이 복잡해졌다. 어떠한 감정이라고 안 그러겠는가.

친구는 아무렇지도 않은 것들이 복잡해지는 게 무서웠던 것이었다. 근데 결국 아무렇지 않은 게 복잡한 것이다. 그게 우리 삶이다. 이러지도 저러지도 못 하는 것들뿐인 게 우리가 너무도 평범하게 살아가는 삶이다.

좋은 예술 = 사람다움

좋은 예술, 좋은 예술, 좋은 예술

SNS를 보면 이런 게시물을 자주 보게 된다.

'좋은 사람', '좋은 가치관', '좋은○○' 등, 어떠한 명사 앞에 '좋은'의 수식어를 붙여서 바람직하고 추구해야 하는 방향이라고 보여주는 게시물이 많다. 나는 노트를 펼치고 이렇게 적어봤다.

'좋은 예술'

한 번도 이렇게 적어본 적이 없었기에 되게 어색했지만 나쁘지는 않았다. 내 글이 나쁜 내용을 담지는 않으니까. 그런데 '좋은'의 현실적 의미가 무엇이기에 우리는 이렇게 이 단어에 집착하듯이 따르는 것일까.

단어의 사전적 정의는 이렇게 된다.

좋다(1) : 대상의 성질이나 내용 따위가 보통 이상의 수준이어서 만족할 만하다

좋다(2) : 성품이나 인격 따위가 원만하거나 선하다.

'좋은 예술' 아래에 이렇게 적었다.

'만족할 수준의 선한 예술'

적고 나서 내 원고를 바라보니까 그렇게 만족스럽거나 선하지도 않다. 내 글은 항상 울퉁불퉁해 보였고 따듯한 느낌보다는 차가운 느낌이다. 근데 나는 좋은 예술을 하고 있다고 생각한다. 그 믿음은 흔들리지 않는다.

살다 보면 그런 경우가 많다. 이게 맞는 건지 틀린 건지는 모르겠지만 그걸 하고 있다고는 생각이 확실하게 드는 거, 나는 나의 예술에 그러한 확신이 있다. 거북할 정도의 솔직함이 담기기도 하고 낯간지러울 정도로 부끄러운 감정이 담기기도 한다. 하지만, 사람이 느끼지 못하는 범위를 벗어나지는 않는다.

인간이 느끼는 감정의 중심부와 변두리의 이야기지, 감정과 동떨어진 이야기를 하지는 않는다. 다 비슷한 거 아닐까 싶다. 결국 '좋은 사람' 또한 정확히 어떠한 성격과 인격의 사람으로 정해진 게 아니라, 그저 사람에 가까운 사람. 그게 가장 적절한 표현인 거 같다. 그래도 여전히 어렵다.

그렇다면 '좋은 삶' 이란 무엇일까..?

우린 지금 어른으로 가는 중이 아닐까.

어긋날 시간이 필요하잖아

질문하면 대답을 받기보다 그 질문에 들어있는 알맹이들에 대한 역질문을 받는 경우가 있다. 그럴 때마다 질문은 정작 내가 했는데 내가 대답을 하게 된다. 물론 답이라는 게 어디 있겠는가. 답도 안 나오는 주제로 이야기하면서 수다쟁이가 되어가는 게 덜 익은 어른인걸. 덜 익은 어른이라는 걸 인정하더라도 대답은 없고 질문만 난무하는 상황은 답답할 수밖에 없다. 하지만 그 답답함에 무너져서는 안 되고 스스로 견뎌내야 한다. 무너지게 되면 나의 삶은 질문할 의욕도 없어지며 너무도 초라해지니까.

작가 선배님을 만나게 된 날이었다. 선배님께서는 술을 좋아하셔서 아무런 말도 없이 우리는 술집으로 들어왔다. 나는 원고작업에 몰두하고 있던 시기였고 조금씩 막혀가는 부분이 생겼었다. 선배님에게 조언과 응원을 받고 싶었다. 글 이야기를 하려고 했지만, 대화는 자연스럽게 삶에 대한 주제로 흘러가게 됐다. 근데 그게 글이고 예술이기에 다를 건 하나도 없었다. 나는 선배님께 물었다.

'사람은 왜 질문을 하면 질문으로 되받고 답답해만 하는 걸까요.'

선배님께서는 나에게 이렇게 말씀해주셨다.

'어긋날 시간이 필요하잖아.'

내 질문에 대한 질문이 아닌 대답이었다. 나는 선배님께 질문하면서 또 다른 어떠한 질문을 받고 그 질문의 꼬리를 잡는 또 다른 질문의 연속일 수 있겠다고 생각했었다. 하지만 선배님께서는 그게 아니라 답을 알려주셨다. 당황한 나의 표정을 숨길 수 없었고 선배님께서는 말을 덧붙여주셨다.

'질문과 대답은 나아가는 방향이지만, 우리는 끊임없이 되돌아가서 바라봐야 해. 그리고 돌아가서 원점에서 반 발자국이라도 앞으로 나아가야 해.'

곰곰이 생각해보니, 맞는 말이었다. 질문에 대한 질문의 반복은 결국 원초적인 질문으로 되돌아갔다. 우리는 어긋나가면서 원점으로 되돌아가는 시간이 필요했던 거다.

그 원점의 질문은 이거였다.

'우리는 왜 살지?'

나는 화장실을 간다고 말씀드리고 혼자 담배를 피우려고 나왔다. 근데 그 원점의 질문이 나오게 된 건 사는 게 재미없기 때문이다. 나도 모르게 헛웃음이 나왔다. 생각을 그렇게 깊게 해서 도착한 지점이 삶에 대한 권태였다니. 그러면 여기서 반 발자국 앞으로는 어떻게 나아가야 하는 건지.

꿈이 있어도 재미가 없다고 하고 사람이 곁에 있어도 재미가 없다고 하고 돈이 많아도 재미가 없다고 하고 다들 이렇게 말하는 세상에서 그 반 발자국을 나아가는 건 꽤 험난할 거 같은 기분이다.

그런 생각을 하던 중 선배님께 메시지가 왔다. 중요한 약속이 있어서 먼저 가신다고, 계산은 했다는 연락이었다. 난 혼자 술집에 들어와서 북적이고 시끄러운 분위기 속에서 오히려 고요함을 느끼기 시작했다.

별것도 아닌 것들을 의무시 여기면서 살아가는
우리도 비참한 거 같아..
사랑해야 하고, 행복해야 하고, 이게 뭐야..
그런데 이런 생각이 떠올랐을 때
그때서야, 아주 잠깐 그것들이 정말 별것도 아닌 것들로
느껴져.
스스로 비참하다고 느끼고 나서야 아주 잠깐 내려놓게 돼.

비참해져야지 별것도 아닌 거라고 느껴져.

   행복해하고 기뻐하는 사람을 보면 괜스레 이런 생각을 하게 된다.

   '행복해야 해', '기뻐야 해', '사랑해야 해'

   다른 사람들이 가지고 있는 어떠한 장면이 부러워지면 무의 식적으로 나 자신에게 의무적으로 그렇게 돼야 한다고 말하는 경우가 있다.

   '넌 왜 그러지 못하냐?'

   이런 말로 누군가가 그런 무의식을 툭 건드리는 말을 하면 무의식적 의무가 현실적으로 느껴지기 시작하고 부담감이 되기도 한다. 그러한 무의식적인 의무감을 체감하기 시작하면 발걸음이 빨라지고 마음이 급해진다. 하지만 맹목적인 의무감에 의해서 달리다가 마주치게 되는 것은 더 멋있는 명장면을 가진 사람들뿐이다. 그러다가 발걸음을 멈추게 되고 스스로 이런 질문을 하게 된다.

'내가 왜 그래야 해?'

이 질문은 자신을 초라하게 만들어버린다. 대단하게만 느껴졌었던 그 장면들이 별것도 아니게 다가온다. 나 자신이 초라해지고 나서야, 그제야, 아주 잠깐의 시간이나마 아무것도 아니었다고 생각하게 된다. 하지만 슬프다. 그 아무것도 아닌 게 내 전부였기 때문에. 내가 가지고 있어서 나의 전부가 아니라, 내가 가지고 싶었던 전부의 것들이었기에.

우리는 살면서 재밌게 살아가는 삶을 바라보게 된다. 건강하고 생산적인 삶을 스스로 이끌어가는 것처럼 보이는 사람들, 그런 사람들을 보면 부러움을 느낀다.

'나도 재밌게 살고 싶어'

이러한 욕구가 생기게 되고 나서 재미있어 보이는 대표적인 삶의 모습을 모방하기 시작한다. 하지만 알맹이가 빠져버린 단편적 모방은 방향이 어긋나게 된다. 얼마 가지 못해서 위와 똑같은 과정을 겪으며 같은 감정을 느끼게 된다.

'내가 왜 재밌게 살아야 해?'

결론적으로 부러움이 만들어내는 무의식적인 의무감은 모든
걸 초라하게 만들어버리고 원상태로 돌려버리고 만다. 초라해
지는 자신을 발견하게 되고 삶에 대한 재미가 별것도 아닌 것
처럼 느껴지고 만다.

'우리는 어떻게 해야 하는 걸까?' 지독하게만 느껴지는 삶
의 권태를 어떻게 다뤄야 하는 걸까.

1. 물어보면 대답이 너무 성숙해서 내가 다 민망해지더라
2. 이성숙하고 모순적인 사람들 앞에서 침묵해야지 뭐..
   질문을 꺼낸 순간, 미성숙한 인간이라는 것을
   자초해버렸으니까.

자초한 미성숙 꾸며낸 성숙

명절이어서 정말 오랜만에 친척들을 만났다. 내가 성인이 된 것만으로도 놀라는 분들도 많았다. 큰아버지는 아들 자랑하기 바쁘셨고 우리 모두를 자리에 앉히시고 세상의 진리를 연설하기도 했다.

사촌 형은 지루해하는 나를 보고 밖으로 나가자고 말했고 걷기 시작했다. 각자 살아오면서 굵직했던 사건들을 나누며 걸었다. 이야기하면서 느낀 건 사촌 형은 아직도 나를 애처럼 바라본다는 것이었다. 형은 계속해서 힘든 건 없냐고 물어봤고 나는 없다고 대답을 했다. 그러다가 조심스럽게 작가로서 내가 힘든 점과 앞으로 방향성에 대해 걱정이 있다는 이야기를 하게 됐다.

형, 난 어떻게 해야 하는 걸까?

생각이 터져버려서 나온 나의 질문이었다. 돌아오는 대답은 너무도 어른스러웠다.

'너무 그렇게 좀 생각하지 마'
'좀 내려놔 그냥'
'그러면 어때, 이러면 어때, 그냥 편하게 생각해'

그 질문 한 번으로 나는 어린애가 되어버렸다. 나는 나 자신을 잘 모르고 생각이 깊지 않아서 그런 질문이나 하는 사람처럼 된 것이다.

형은 그런 나에게 강요하듯이 조언을 말해주기 시작했다. 하지만 형의 이야기 중 절반 이상은 자신의 자랑이었다. 자신의 인생이 답이었고 어느 순간 형이 해주는 말에는 나의 이야기가 사라졌다. 근데 형의 이야기가 사실 틀린 말은 아니었다. 다만, 내가 형을 알고 있었다는 게 문제였다. 형은 내가 기억하지 못한다고 생각하겠지만, 형 또한 어렸을 때 유학 문제로 인해 내가 했던 질문과 똑같은 질문을 입에 달고 살았었다.

형의 이야기가 끝나고 우리는 집에 다시 들어왔다. 살면서 이런 경우는 일상다반사이다. 보통의 사람들과는 조금 다른 길을 가고 있기에 모두가 나에게 조언해주기 바빴고 나는 들어야만 하는 입장이었다. 그래도 많이 무뎌져서, 이제는 화나거나 괴로운 것도 없다.

몇 달 뒤, 아버지께서 사촌 형이 퇴사를 하고 음악을 해보려고 한다는 말을 해주셨다. 그래도 네가 예술을 하고 있으니까 전화 한번 해보라고 하셨다. 나는 아버지 말씀이 끝나고 바로 사촌 형한테 전화를 걸었다. 형의 목소리는 자신감이 넘치면서도 떨렸다. 나는 계속 형의 이야기를 들었다. 형은 나에게 이렇게 물어봤다.

'나 어떻게 해야 하는 거지? 잘하고 있는 거지?'

형이 미성숙을 자초한 상황이었다. 나라고 대단한 예술가도 아니고 성숙한 사람도 아니었기에 형의 질문에 대답을 하기 어려웠다. 좀 오래 고민하다가 나는 이렇게 말했다.

'형, 나라고 뭘 알겠어.'

이렇게 말하고 간단한 응원과 위로를 해줬다. 사실 형이 그 질문을 했을 때, 하고 싶은 말이 너무도 많았다. 하지만 성숙한 척을 하고 싶지 않았다. 전화를 끊고 보니 성숙한 척은 나 혼자 다 하고 있었다.

나는 형의 입장과 나의 입장을 3인칭으로 바라봤다. 형은 자신의 길 하나 결정하지 못 하는 어린이 역할이었고 나는 그런 형의 말을 듣는 어른 역할이라고 생각했다. 이렇게 역할이나 구분하는 거부터가 나는 성숙한 척이었다. 오히려 자신을 1인칭으로 바라보며 수다쟁이가 된 형이 더 어른스럽다는 생각이 들었다. 성숙한 척하지 않으려고 침묵을 지키려다가 결국 어른스러운 척은 다 해버린 것이다.

1. 아는 척해버렸어. 크게 다르지 않은 거 같아서..
2. 다르지 않아서 간질간질해지는 거
   그게 결국 벽을 만들어버리더라.
3. ...

살아가는 게 간질간질 한 거야.

목적 없이 기계처럼 일한다. 그리고 방전이 돼서 움직임 자체를 포기한다. 그게 내가 살아가는 삶이다. 삶은 무목적인 사고와 맹목적인 생활의 반복이다. 목적 없이 기계로만 살아가니, 살아가는 건 너무도 지루하고 재미가 없다. 모두가 이러한 삶과 다르지 않아서 우리는 항상 입이 근질근질하다. 타인의 삶이 자신의 삶과 너무도 겹쳐 보여서 선을 넘게 되는 순간들이 온다.

카페에서 글을 쓰다가 옆 테이블의 이야기가 들려왔다. 조금씩 언성이 높아지더니 결국 한 분이 나가게 됐다. 처음부터 그렇게 다투는 분위기는 아니었다.

직장인들이었고 서로의 일에 대해서 말하는 듯했다. 서로가 존댓말을 하면서 격식을 차리는 태도로 봐서는 아주 가까운 사이는 아닌 듯했다. 그러다가 그들은 각자가 사는 생활패턴에 대해서 말하기 시작했다. 그때부터 나도 작업이 잘 안 되고 이야기에만 더 집중하게 됐다.

평범한 직장인들이 나누는 삶의 고통이었다. 똑같은 옷으로 똑같이 출근하고 똑같은 일을 하고, 일이 끝나면 방전이 되는 그런 삶이었다. 그러다가 한 분은 조금씩 신나기 시작했다. 다른 직장인분이 자신과 너무도 똑같은 삶을 살고 있어서 유대감에 더 그랬던 거 같다. 말이 많아지다가 이런 말을 했다.

'정말 재미없게 사시네요, 저처럼'

그 말을 들은 다른 직장인분은 조금 갑작스럽게 다소 격양된 목소리로 화를 내기 시작했다. 그리고 카페를 나갔다. 남은 직장인분은 당황한 표정이었다. 사실 그 둘이 나눈 대화는 자신의 삶이 재미없다는 내용이 맞았다. 이렇게 같을 수가 있나 싶을 정도로 서로가 비슷했다. 하지만 사는 게 재미없어 보인다는 말을 겉으로 뱉는 순간 그 둘 사이에서는 벽이 생기게 됐다.

서로의 유대감이 말로 뱉어지면서 더 가까워지는 게 아니라 단절이 되어버렸다. 하지만 문득 이런 생각이 들었다.

'그 벽이라도 있어서 재미없어서 벗어나고만 싶었던 이 삶이 그래도 나의 삶이구나.'

1. 'miss'란 단어가 '놓치다'라는 뜻도 있으면서 '그리워하다'라는 뜻도 있더라.
2. 'leave'란 단어가 '떠나다'라는 뜻도 있으면서 '남겨두다'라는 뜻도 있는데 뭘..
3. 그냥 다 사람 살아가는 말인가 봐.. 정말로

다 사람 살아가는 말인가 봐.

　간간이 영어 과외를 한다. 영어를 잘하는 건 아니지만 가장 좋아하는 과목이었고 가르치는 보람도 있다. 누구든지 작가라고 하면 돈이 되냐는 말을 먼저 물어봤다.

　책 하나로 생계가 유지된다고 생각하는 사람들이 많다. 하지만 실상은 다르다. 무명작가는 가난한 직업이다. 원고에 대한 계약금이나 인세는 생활유지비에 턱없이 부족한 금액이다. 그래서 항상 다른 일을 병행해서 해왔다. 그중 하나가 영어 과외를 하는 것이었다.

　영어 과외를 하다 보면 나도 모르게 조금씩 헷갈리는 영어 단어를 보게 된다. 그럴 때마다, 나는 전자사전이 아니라 영영사전 책을 펼쳐서 의미를 확인한다. 종이 책이 주는 감성이 있기도 하고 책으로 영어 단어를 찾으면 스스로 조금 더 공부한다는 느낌이 들었다.

　수업 며칠 전, 수업준비를 하다가 'miss'란 단어가 헷갈렸다.

너무 기본적인 단어여서 바로 사전을 펼치지 않고 조금 더 생각했지만, 생각나지 않았다. 단어 뜻 자체가 아예 떠오르지 않은 게 아니라 여러 뜻이 헷갈렸다. 사전을 펼치고 찾다가 조금 신기한 걸 발견했다. 그 단어가 정반대의 성격인 두 가지 의미를 모두 가지고 있었다.

하나는 '그리워하다', 다른 하나는 '놓치다'

우리의 인생을 반영하는 거 같았다. 살다 보면 더 중요한 걸 잡기 위해서 기존의 것을 놓치고 만다. 하지만 시간이 지나면 놓쳤던 것을 그리워하게 되는 경우가 많다. 'miss'라는 단어 자체가 인간의 이중적인 감성을 모두 담기 위해서 이렇게 두 가지 뜻을 모두 포함한 느낌이었다. 반대의 뜻을 모두 포함하고 있는 다른 영어 단어가 있나 궁금해져서 더 찾아보기 시작했다. 그러다가 'leave'를 찾게 됐다.

하나는 '떠나다', 다른 하나는 '남겨두다'

이 또한 우리가 살면서 많이 겪게 되는 이중적인 감정이었다. 어떠한 공간을 떠날 때, 육체적으로는 떠나지만, 정신적으로는 한 부분을 남겨두는 경우가 많다. 시간이 지나고 우리는 그걸 향수라고 부르면서 추억하기도 한다.

인간의 감정이라는 건 절대적이지 않다. 조금 더 큰 감정이 행동으로 반영되고 조금 더 작은 감정이 마음속에 사라지지 않고 자리 잡게 된다. 그래서 감정이라는 것은 항상 이중적일 수밖에 없다.

삶이라는 건 애초에 이중적인 것들을 내포하고 있기에 그러니, 살아가도 괜찮다. 스스로가 부족하게만 느껴져도 괜찮다.

1. '오늘에 대한 만족감, 내일에 대한 기대감' 읽고 쓰는데
   몇 초도 안 걸리는 이게...
   뭐라고 이렇게 어렵냐
2. 먹먹해지네.. 우리는 뭘 잘못했을까. 딱히 잘못 살지는
   않았는데..

오늘에 대한 만족감, 내일에 대한 기대감

'오늘에 대한 만족감, 내일에 대한 기대감'

어쩌면 우리가 살아가는 건, 이 문장으로 다 설명 가능할 수도 있다.

'만족'이라는 것과 '기대'라는 게 뭘까. 만족의 사전적 정의는 '모자람이 없이 충분하고 넉넉하다'이다. 모두가 너무도 피곤하게 눈을 뜨고 일어나서 빽빽하게 일을 한다. 방전돼서 집에 도착하면 쓰러지듯이 침대에 몸을 내던진다. 모자람이라고는 찾아볼 수가 없을 정도로 가득 차 있다.

이러한 삶이 잘못된 것은 절대 아니다. 단지 이 사회에서 낙오되지 않고 어떻게든 버텨내려고 치열하게 지내는 것이다. 하지만 '오늘 하루 만족하시나요?'라는 질문에 과연 몇 명이나 '네 그렇습니다.'라는 대답을 할까.

하루하루를 그렇게 빽빽하게 지내는 건 만족이 아니다. 이런 생활은 빈 컵에 물을 가득히 따르는 행위에 지나지 않는다. 어떠한 동기도 의미도 없다. 물을 다 따르면 마시고 또다시 가득 따른다.

우리는 도대체 어떠한 삶에서 '만족'이라는 단어의 질감을 느낄까. 조금만 다르게 생각해보면 된다. 물을 따르는 행위는 똑같다. 하지만 다르게 시작해야 한다. 따르는 행위에 앞서서 만드는 행위가 선행되어야 한다.

물을 이용해서 녹차로 만들지, 홍차를 만들지, 컵의 모양을 네모로 만들지, 세모로 만들지 등등, 이러한 창조의 행위가 먼저 필요하다. 창조는 엄청난 에너지가 요구된다. 그래서 이 과정을 거치면서 물을 얼마 따르지도 못하고 끝날 수 있다.

하지만 '만족하세요?' 이 질문에 새로운 느낌의 '아니요'라는 대답이 나올 것이다. 단순하게 물을 맹목적으로 가득 따르는 것과 같은 행위에 대해서 '만족하지 않는다.'는 대답은 지루함과 지겨움, 재미가 없다는 의미의 대답이다. 반대로 창조의 과정을 거치고 물을 얼마 따르지 못하고 나오는 불만족은 '더 잘할 수 있는데 못 한 거에 대한 불만족이다.'

그러면 다음에는 물을 더 좋은 차로 만들기 위해 노력하거나 컵의 모양을 더 예쁘게 만들기 위해서 노력하게 된다. 그러고 나서 물을 더 많이 따르기 위해서 노력한다. 그렇다면 자연스럽게 내일이 기대된다. 내일 더 노력해야 하기 때문이다.

어쨌든 살아가는 것은 '물을 가득 따르는 행위'다.

그 속에서 우리가 '재미'를 느끼며 '의미'를 찾기 위해서는 창조의 과정을 반드시 거쳐야 한다. 그래야지만 아주 사소하게라도 우리는 느낄 수 있다. 쓰고 읽는데 몇 초도 안 걸리는 그 문장을 말이다.

1. 괜찮아..
2. 너 그거 알아?
   우리 지금까지 답도 없는 수많은 질문을 나눴는데..
   그 '괜찮아' 한 마디가 꽤 많은 것들을 자질구레하게
   만들었어. 나도 좀 취했다.. 미안. 너도 겨우 꺼낸
   한 마디였을텐데. 그 '괜찮아'라는 말

'괜찮아' 이 한마디가 자질구레하게 만들잖아.

우리는 살면서 도대체 뭐가 그렇게 괜찮은 걸까?

괜찮다는 말은 상황을 지워버리고 의미를 희미하게 만들어버린다.

나와 같이 작가 지망생을 보내온 친구가 있다. 서로의 원고를 읽어주고 충고해주면서 꿈을 키워왔다. 서로 약간의 경쟁심을 느꼈지만 그게 질투라 여기지 않았다. 오히려 혼자서만 꾸는 꿈이 아니라 함께여서 의지가 많이 되고 행복했다.

원고투고 기간에 같이 투고했지만 친구는 떨어졌고 나는 붙었다. 원고투고에서 떨어지는 일은 너무도 다반사였기에 무덤덤해져야 한다. 그래야 슬럼프에 빠지지 않고 자신의 글을 조금 더 냉정하고 객관적으로 바라볼 수 있다. 그렇지만 나는 붙고 친구는 떨어졌기에 어떤 말도 할 수가 없었다. 친구는 축하를 해줬지만 내가 더 미안하고 또 미안한 마음이었다. 왜인지는 모르겠지만 그때 이후로 우리는 자연스럽게 조금씩 멀어졌다. 나누게 되는 대화도 조금씩 달라지기 시작했다.

그렇게 몇 달 뒤, 우연히 친구가 작가의 꿈을 접게 됐다는 소식을 들었다. 그 말을 듣자마자 너무도 복합적인 감정이 들었다. 미안하면서도 안타까웠고, 슬프면서도 허무해져만 갔다. 용기를 내서 오랜만에 친구에게 연락했고 우리는 만나게 됐다. 생각보다 안색이 좋았다. 친구는 평소보다 말이 많았다. 오랜만에 만나서 어색할 줄만 알았는데 친구는 이런 일들, 저런 일들을 말하면서 웃음이 끊이지 않았다. 그렇게 술을 계속 마시게 됐고 나는 이런 말을 했다.

'우리 그때 진짜 순수하게 글만 봤던 그때가 그리워'

친구는 담배에 불을 붙이고 깊게 몇 모금을 내뱉고 웃으면서 말했다.

'나 괜찮아.'

괜찮은지 물어보지도 않았지만, 친구는 괜찮다는 말을 반복해서 나에게 말했다. 우리 둘 다 웃음기가 사라지고 진지하게 서로에 대한 진심을 이야기하기 시작했다.

답도 없는 질문과 대답의 반복이었다. 친구가 글을 시작했던 이유와 그만두게 된 결정적인 이유를 알게 된다고 나의 상황이나 친구의 상황이 바뀌는 것도 아니었다. 하지만 계속 그런 주제로 이야기를 했다. 이야기하다가 정적이 흐르기만 하면 친구는 계속 이렇게 말했다.

'괜찮아. 괜찮아.'

나도 어느 순간부터 왜인지는 모르겠지만 친구의 말을 따라서 말하기 시작했다.

'맞아, 괜찮은 일이지 뭐. 괜찮은 일이지.'

모든 게 자질구레하게 느껴진다. 우리가 지냈던 세월이 별것 아닌 것처럼 다가온다. 친구는 얼마나 많은 말을 하고 싶었을까. 얼마나 화가 나고 속상할까. 그런 친구 앞에서 정작 내가 수다쟁이가 됐다. 도대체 뭐가 괜찮은 걸까. 그게 뭔지는 모르지만 우리는 가벼운 듯 무겁게 꺼낸다.

'괜찮아…'

끝내 친구의 마음속 깊은 진심의 이야기를 듣지 못하고 우리는 헤어졌다. 살아가면서 나 또한 얼마나 '괜찮아'라는 말을 많이 하게 될까. 우리는 뜻대로 되는 일이라는 게 하나도 없는 이 세상 속에서 살아가는 운명이다. 그래도 살아가야 하는데 어쩌겠는가. 괜찮기라도 해야지.

알게 되는 것을 알게 되는, 결국 내가 누군가에게
적나라하게 드러나게 되는 것이 두려운 게 아닐까!

알고 있는 걸 알게 되는 거, 그게 무서운 거야.

모르지 않아. 모르지 않는다고...
그러니까 거기까지만.

성인이 되고 나서 의도하지 않아도 알게 되는 것이 많아진
다. 시선과 평가, 존경과 비하, 진심과 가식, 등등, 말로만 듣던
사회생활이라는 걸 경험하면서 순수함을 잃어가기 시작했다.
증오할 정도로 싫어했던 사회의 모습이었지만 그 모습이 내 안
에서 나올 때마다 구역질이 나왔다. 어른들은 내가 이렇게 커
가는 게 어른이 되는 과정이라고 한다.

그들은 항상 동공에 초점이 없었고 웃고 있었지만 슬퍼 보였
다. 조금 더 시간이 지나고 보니 나도 누군가에게 그 어른들과
똑같은 말을 하기 시작했다.

'그게 어른이 되어가는 과정이야.'

그들이 보기에도 내가 동공에 초점이 없었고 웃고 있지만 슬

퍼 보였을까. 진짜 어른이 된 거 같은 기분이 뭔가 썩 내키지는 않았다.

그렇게 더 세월이 지나면서 이래저래 많은 것들을 받아들이고 이해하고 넘어가는 법을 터득했다. 하지만 그 모든 건 어떤 한 선을 정해버렸기 때문이다. 나는 남들과 이야기를 하면서 선을 넘을 거 같으면 이런 말을 했다.

'그 이상은 이야기하지 말자'

다들 살아온 거에 맞게 자신만의 기준을 가지게 된다. 그걸 철학이라고 말할 수 있지만 그 이상은 넘어오지 말라는 뜻이기도 하다. 하지만 그 선 이상의 것들은 말하지 않아도 모두가 알고 있는 것이다.

'이렇게 살면 안 된다는 걸 알아'

각자가 살아가는 모습이 어떻든 간에 모두가 가지고 있는 생각이다. 사람과 부대끼면서 살다보면 이 주제로 이야기하게 되는 상황이 잦아진다. 나는 그 주제로 이야기하다가 타인의 말이 내 삶의 중심에 들어올 거 같으면 쫓기듯이 선을 그어버렸다.

'그 이상은 이야기하지 말자.'

모르는 걸 알게 될까 봐, 그게 무서워서 그런 게 아니다. 알고 있는 것을 감각적으로까지 알게 되는 것이 무서웠다. 무섭기보다는 타인까지 나의 중심을 알고 있는 걸 직설적으로 듣고 싶지가 않았다.

어차피 이미 모두가 알고 있으니까. 거기까지만 놔둬야지 내 지독해진 삶이 체감으로까지는 안 느껴지니까.

1. 넌 뭐 때문에 이렇게까지 살아?
2. 어.. 뭔가를 알아버렸다고 해야 하나. 다들 그런 거
   하나 정도는 가지고 있지 않을까 싶어.
3. ...?
4. 알아버려서 모른 척할 수 없는 거. 그게 이렇게까지
   살게 하는 거 같아.

모른 척할 수 없어서 살아가는 거야.

내가 살아가는 삶은 어디를 가도 술안주가 된다. 녹음기를 켜면서 지내고, 영감을 받으려고 노력한다는 이야기들은 모두에게 신기함을 유발한다. 반대로 나는 다른 친구들의 삶이 신기할 때가 있다.

근본적으로는 같을 수도 있지만 어떻게 보면 조금씩 다르기에 타인의 삶이 궁금하고 부러워지는 건 어쩔 수 없다.

친구 중 한 명은 술을 되게 좋아해서 무슨 일이 있어도 술로 하루를 끝낸다. 나는 술이 약하고 숙취가 오래가서 하루를 마시면 3일은 건너뛰어서 마셔야 한다. 나로서는 정말 버티기 어려운 생활 습관이어서 친구에게 물어본 적이 있다.

'넌 뭐 때문에 이렇게까지 살아'

이 질문은 삶에 대해 평가하는 게 아니었다. 정말 단순한 궁금증이었다. 친구는 무슨 일을 하다가도 술을 마셔야 한다고 할 정도였기 때문이다. 친구의 대답은 조금 어려웠다.

'그냥 뭔가 알아버렸어. 그래서 모르는 척하기 어려워'

그 대답은 술을 좋아하는 취향이라는 걸 알아버렸다는 느낌이 아니었다. 그리고 친구는 나에게 이렇게 말했다.

'너도 그러지 않아? 알아버려서 모르는 척하기 어려워서 그렇게 작업실로 가는 거 아니야'

글이 좋아서 작업실로 가는 게 맞기는 하지만, 글 때문만은 아니다. 작업실로 이끄는 어떠한 감정이 있다. 근데 어떤 감정인지는 구체적으로 떠오르지 않았다. 그래도 그 감정에 끌려서 가기도 했고, 그 감정이 두려워서 가기도 했다. 결국, 그 감정이 나를 그쪽으로 움직이게 한 건 사실이다. 나는 친구에게 물었다.

'넌 모르는 척하기 어려워진 그 감정이 뭐야'

친구는 내 생각과 똑같이 말했다. 그 감정에 끌려서 마시기도 하고 그 감정이 두려워서 마시기도 한다고. 그리고 나서 우리는 모르는 척하기 어려워진 '그 감정'에 대해서 이야기 나누기 시작했다.

계속해서 '그 감정'의 주변을 맴도는 이야기만을 하고 그 감정의 정의를 끝내 내리지 못했다. 근데 정말 우습게도 우리 서로가 각자 가지고 있는 '그 감정'을 어느 정도는 부러워했다. 뭔지도 모르지만 부러워했다. 그 뭔지도 모르는 그 감정으로 인해 나와 다르게 살아간다는 게 그냥 부러웠다.

충동적이다. 가슴은 이해되는데 머리로는 안 된다.
미칠 거 같다.
- 보. 고. 싶. 다.

보고 싶어서 왔어.

원고 마감 날짜가 가까워졌다. 문장이 머릿속으로 그려지면서도 지워지기를 반복했다. 겨우 나온 글은 글이 나오지 않아서 답답하다는 내용뿐이었다. 결국, 한 문장 적어낸 거라고는 이 문장뿐이었다.

'일상을 뱉어내고 싶어서 일상에 젖어가다 보니,
소설이나 쓰고 있다.'

누구나 살면서 겪을 수 있는 감정을 녹여내고 싶었다. 하지만 조금 더 일상적으로, 조금 더...

이렇게 하면 할수록 내가 쓰는 글들은 '있을 수도' 있는 이야기가 아니라 '있을 수 있나?'라는 물음의 이야기가 되어갔다. 겨우 써낸 문장을 뭉개버리고 산책이나 하러 나왔다. 그때 여자 친구에게 왔던 연락을 확인했다.

'밥은 먹고 하고 있어?'

여자 친구와 항상 나누는 대화였다. '잠은 잘 잤는지', '밥은 먹었는지', '일은 잘했는지' 그런데 갑자기 그 문자 한 통이 너무도 크게 다가왔다.

나의 일상이 따듯해지고 포근해지는 기분이었다. 어제와 다르지 않고 내일도 똑같이 글과 전쟁 같은 하루를 보낼 걸 알면서도 하루도 다르지 않게 대해줬던 게 여자 친구다.

나는 바로 택시를 잡고 여자 친구를 만나러 갔다. 날씨에 어울리는 꽃도 사고 기다렸다. 여자 친구는 나를 보자마자 너무 놀랐다. 항상 글이 우선이었기에 약속을 잡지 않고 깜짝 이벤트 같은 걸 한 번도 못 해주고, 즉흥적으로 만나지도 못했기에 놀라는 여자 친구에게 미안한 마음이 더 들었다.

여자 친구는 놀라서 입을 막으면서 이렇게 말했다.

'원고 마감 코앞이잖아???'
'나도 진짜 이럴 줄 몰랐는데 보고 싶어서 왔어.
 내 일상을 따듯하게 만들어줘서 고마워.'

사랑은 예상도 못하게 변해가는 내 모습을 바라볼 때, 그리고 그 모습이 스스로 마음이 들 때 느껴진다. 꽃을 건네주고 안아주면서 고맙다는 말을 몇 번이고 반복했다. 그 순간, 여자 친구가 나를 많이 사랑해준다는 걸 느꼈다. 그리고 그보다 이러한 감정을 더 크게 느꼈다.

'이 사람을 사랑하는 나 자신을 사랑하고 있구나.'

1. 기분 탓이라고 하면서 감춰버린 거, 넘겨버린 거
   하.. 나 진짜 왜 그랬을까?
2. 그러다가 결국 '이런 거라도 알게 해주려고 그랬나보다'
   이런 혼잣말이라도 하게 되면 너무 허무해져

기분 탓으로 넘겨버린 것들

나는 감정의 기복이 큰 편이다. 생각해보면 무엇이 내 기분을 그렇게 만든 건지 모른다. 아이러니하게도 무엇이 나를 이렇게 만들었는지 몰라서 감정이 더 급격하게 요동치기 시작한다. 그럴 때마다 나는 스스로를 두 명으로 나눠서 '그 무엇'에 대해서 대화를 하기 시작한다. 끝도 없는 대화에 끝에 결국 남게 되는 건 걷잡을 수 없는 감정뿐이다. 그러면서 이런 말을 혼자 중얼거리는 습관이 생겼다.

'기분 탓이야. 기분 탓이야.'

그냥 그러고 끝내버린다. 어차피 기분 탓이니까. 금방 왔다가 흔적도 없이 사라지게 될 감정이니까.

나 자신에게 무책임한 게 맞다. 그 감정에 책임을 지고 내가 무너지지 않게 만들어야 했는데 귀찮았다. 그걸 감당할 만큼 내 정신상태가 단단하지 않다. 어떤 감정을 유지하고 싶어서 그렇게 많은 것들을 기분 탓으로 넘긴 걸까. 즐거움이 커져도 슬픔이 커져도 그저 기분 탓이라고 생각했다. 그리고 아무렇지도 않은 척한다. 마지막 잔여물처럼 남게 되는 나의 감정은 찝찝함 그 자체다. 어떤 감정에 대해서도 노력해서 집중하지 않았기에 감정을 잃어버린 거 같은 기분이다. 속으로 나도 모르게 본능적으로 이런 말을 한다.

'이런 거라도 알게 해주려고 그랬나보네.'

그건 내가 한 말이 아닌 거 같았다. 그저 누가 그렇게라도 말하라고 시킨 거 같이 억지로 하는 기분이었다.

'이런 게 도대체 뭔데'

공허함이라고 해두는 게 편하다. 텅 비어버리는 것들이라도 알게 됐으니 된 거였다.

그렇게 요동치는 감정을 기분 탓으로 넘겨버리고 감춰버리면서 얻어낸 거라고는 공허함뿐이라는 게. 그리고 그 공허함을 알게 됐다고 또다시 넘겨버리는 게...

이런 게 삶 이기에는 너무 텁텁하지만 벗어나는 방법을 모른다. 그냥 살아간다. 내일도, 그 내일도 이렇게.

저렇게 사는 게 재밌어 보일 수 있겠지만
재밌지는 않을 거야.
저 삶은 내가 가지고 있지 않은 순환이지만
결국, 순환 자체인 건 어쩔 수 없으니까.

어차피 순환이야.

'나처럼 살지 마'

'나처럼 살지 마, 피곤해서 죽을 거 같아.' 이런 말을 적어도 수십 번은 들은 거 같다. 모두가 나에게 이렇게 말했다. 심지어 작가 선배님도 작가 하지 말라고 하셨다. 그럼 나는 무엇을 해야 하는 걸까.

나를 위해 해주는 말이었을까. 스스로에 대한 한탄이었을까. 내가 부러워하는 삶을 가진 사람들은 항상 나에게 '이런 거' 하지 말라고 말한다.

내가 타인의 삶이 부러운 이유는 대단한 게 아니다. 그저 나와 다른 어떠한 삶의 순환, 그거다. 감정을 연구하고 분석하며 한 문장에 목매면서 하루를 버텨내는 일을 하고 있기에, 그것과 반대의 삶이 궁금하고 부러웠다. 무거운 생각들에 빠지지 않고 조금은 마음을 편하게 마무리할 수 있는 일들 말이다. 물론 그런 삶의 고통을 무시하거나 작게 보는 건 아니다. 다만,

작가로 살아가면서 느끼는 창작의 고통에 괴로울 뿐이다.

어느 날, 요식업을 하는 형을 만나서 이런 이야기를 하게 됐다. 똑같이 형은 만나자마자 너는 요식업 하지 말라는 말을 하셨다. 나는 조심스럽게 물어봤다.

'형 저는 형의 직업이 부러울 때가 있는데 왜 하지 말라고 하시는 건가요?'

형은 요식업을 하면서 힘든 점들을 쉴 틈 없이 나열하기 시작했다. 전혀 다른 분야였기에 신기하게 듣기도 하고 몰랐던 힘든 점들을 알게 됐다. 그러다가 마지막에 형은 이런 말을 하셨다.

'제일 힘든 게, 이게 매일 반복돼. 너무 똑같이'

나는 그 순간 느꼈다. 타인이 가지고 있는 삶의 순환을 부러워했지만, 그것마저도 어차피 순환이라는 것을, 타인의 삶도 모양만 조금 다르게 그저 반복되는 삶이었다.

형은 나에게 웃으면서 물어봤다.

'나도 작가 한 번 해볼까?'

'형 작가 하지 마세요.'

3장

다 사람다워서
그냥 그래

1. '뭔가 다른 삶이겠지?' 이런 생각이 드는 순간 부러움이 생기더라.
   그게 좋은 삶이든 나쁜 삶이든..

2. 당연한 거 아니야?

3. 당연한 거지. 근데, 그렇게 툭하고 던지듯이 말해버리면 내 삶은?

4. 나의 삶이라..

나도 사람이야, 나도 사람이라고

'나도 사람이야.'

사람이어서 싫다. 사람이어서 매 순간 현명하고 지혜로운 판단을 할 수 없으니까, 모두가 반복되는 삶에 지루함을 느끼며 지쳐버린다. 너무도 재미없는 삶에서 벗어나기를 원한다. 어쩌면 우리는 방법을 알지도 모른다. 내가 살아온 방식과 다르게 살면 된다. 기존의 삶에서 용감하게 뛰쳐나와서 새로운 삶을 구축하면 된다. 그런 해결책은 꼭 남들의 삶을 바라볼 때만 뚜렷하게 보인다.

'저렇게 살면 안 되는데...'

하지만, '나도 사람이야.' 이 한 마디에 모든 건 무너져 버린다. 어떤 해결책들도 효력을 잃어버리고 만다. 사람이기에 뜻대로만 될 수가 없고 계획대로 굴러가지 않는다. 그걸 우리는 암묵적으로 공감하고 있다. 그래서 말을 잃게 되고 삶이 흘러가는 방향에 자신을 그저 내던지고 만다.

사람들이 모이는 자리에서는 항상 삶에 대한 평가가 이야기 소재로 된다. 저런 삶은 어떻고, 또 이런 삶은 어떻고. 아무런 목표와 꿈도 없이 삶에 대한 권태만을 토로하는 사람은 항상 이 말을 들을 것이다.

'뭐라도 해라, 목표를 좀 가지고 살아라.'

하지만 이러한 조언을 들어도 나오게 되는 대답은 이 한 마디다.

'나도 사람이야.'

그렇게 조언을 해주는 사람들도 크게 다르지 않다. 또 다른 사람들이 보기에는 조언해주는 그들의 삶에서도 권태가 보인다. 그러면 조언을 해주기만 했던 입장에서 충고를 듣기 시작할 것이다.

'제발 그렇게 살지 말고.'

조언을 해주는 사람이었다고 해서 이런 말을 들을 때 다른 대답을 뱉는 게 아니다. '사람'이라는 명사를 핑계와 방어의 수

단으로, 혹은 진심에서 나오는 답답함으로 이렇게 말한다.

'나도 사람이야.'

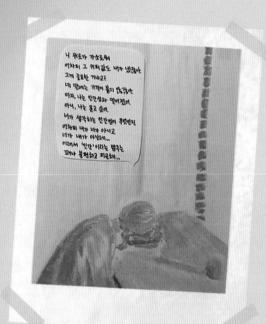

니 위로가 가소로워, 어차피 그 커피값도 내가 냈잖아.
그게 중요한 거냐고? 네 말에는 가격이 붙지 않잖아.
마자, 나는 인간성과 멀어졌어. 아니, 나는 묻고 싶어 너가 생각하는
인간성이 무엇인지. 어차피 내가 너가 아니고, 너가 내가 아닌데...
이래서 '인간'이라는 범주는 꽤나 불편하고 피곤해..

인간의 범주는 불편하고 피곤해

'네가 생각하는 인간성이 도대체 뭔데?'

사람은 조금이라도 자신보다 못 나 보이면, 최선까지 다해서 조언해주고 충고해주려고 한다. 잘못된 건 아니다. 그저 불편하고 피곤할 뿐이다. 그래서 그런 사람들을 피하려고 한다.

운동이 끝나고 집에 가는 길에 우연히 고등학교 친구를 만나게 됐다. 나는 이름도 헷갈리는 친구였지만 그 친구는 너무도 반가워하면서 잠깐 시간이 되냐고 물어봤다. 나는 딱히 거절할 변명이 떠오르지 않아서 알겠다고 말했다.

카페를 도착하자마자 그 친구는 화장실을 갔다 오겠다고 했다. 자리에 앉고 주문을 하지 않고 있어서 눈치가 보였고 친구가 나오기 전에 주문했다. 기다리면서도 너무 집에 가고 싶은 마음뿐이었다. 친구는 다음에 만나서 자기가 밥을 사겠다고 했고 우리는 학창 시절 이야기를 했다. 아니, 일방적으로 듣기 시작했다. 자기 자랑을 끝도 없이 하기 시작했다. 자랑이 거의 다 끝나갈 즈음에 나에게 물어봤다.

'너는 뭐하고 지내?'

나는 그냥 작가 하면서 지낸다고 했다. 친구는 내 말을 듣고 나서 직설적인 조언과 위로를 아끼지 않았다. 친구의 말은 결국 이거였다.

'그런 거 왜 해?'

듣다가 결국 터지고 말았다. 한숨을 크게 한 번 쉬고 나서 고개를 들지 않고 친구에게 혼잣말하듯이 말했다.

'니 위로가 가소로워.'

친구는 당황했고 화를 내기 시작했다.

'사람이 말도 못 해?'
'왜 이렇게 사람이 인간적이지가 않냐?'

나는 대충 사과하고 먼저 나왔다. 인간성이라는 게 도대체 뭘까. 그 자리를 바로 나오지도 못하고 그 친구의 화까지 다 듣고 사과를 하고 나서야 나올 수 있었을까. 그래도 인간이어서 듣고 있었던 거 같다.

그래도 사람이니까. 그래도 사람이니까...

어디까지가 인간성일까. 그 친구는 오히려 나를 인간성을 포기한 사람으로 바라볼 것인데 말이다. 그렇게 집에 도착할 때쯤 핸드폰 알림이 떴다.

'오랜만에 만난 작가 친구와^^'
만나자마자 하도 찍자고 해서 찍어줬던 셀카에 나를 태그해서 올린 sns 알림이었다.

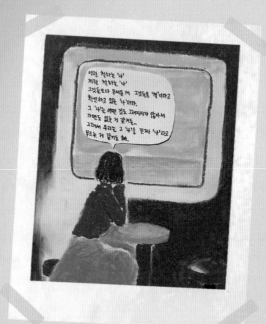

이런 척하는 '나' 저런 척하는 '나'

그것들보다 무서운 게, 그것들을 '척'이라고 확인하고 있는 '나'더라

그 '나'는 어떤 것도 그려지지가 않아서 가면도 없는 거 같거든..

그래서 우리는 그 '나'를 진짜 '나'라고 부르는 거 같기도 해.

진짜 '나'

그려지는 건 매번 무섭다.

누구를 만나느냐에 따라서, 혹은 어떤 자리에 가는지에 따라서 내 모습은 달라진다. 조금 더 솔직하게 말하면 달라지는 모습이 보인다. 달라지는 '나'의 모습을 바라본 '나'는 누구일까.

예술가들이 모이는 파티에 초대를 받았다. 다양한 분야의 예술가들이 모여서 자신을 소개하고 영감을 나누는 자리였다. 작가로서 어떤 메시지를 전달하고 싶은지 설명하고 가치관과 작업 방향을 공유했다. 분위기는 조금씩 진지해졌고 '예술의 끝'에 대해서 이야기하기 시작했다. 분야는 달랐지만, 모양만 다른 예술이었기에 그 주제에 대해서 대답은 몇 가지로 좁혀졌다. 그렇게 이야기를 나누나가 갑자기 닭살이 돋았다.

'이 자리에서 이렇게 말하고 있는 '나'라는 사람이

진짜 '나'라고... 이런 생각이 스쳐 지나갔다. 그리고 이때부터 예술에 대해서 뱉어내는 나의 말들이 모두 가식으로 느껴지기 시작했다.

작가로서 예술에 대한 진심이 담긴 대화였지만 그 자리에서 '나'라는 존재에 대한 의심이 드는 순간 낯설어졌다. 먼저 자리를 일어났고 나오자마자 고등학교 친구들에게 연락했다. 친구들을 만나고 파티에서와는 전혀 다른 모습의 '나'가 나오기 시작했다. 장난기 많고 유치한 '나'의 모습이 나왔고 뭔가 마음이 편안해졌다.

한두 명씩 취하기 시작했고 대화에는 웃음이 끊이지 않았다. 하는 말이라고는 뻔한 에피소드의 반복이었다. 그렇게 쉴 새 없이 웃다가 조금씩 정적이 찾아오기 시작했다. 정적이 오면 담배를 피우러 나갔다. 담배를 피운다고 정적이 갑자기 사라지는 건 아니었다. 그 정적을 빌려서 혼자 오늘 파티에서의 '나'와 지금의 '나'를 의식하기 시작했다.

순간, 또다시 닭살이 돋았다.

'이렇게 아무런 의미 없이 유치하게 웃고 있는 게 진짜 '나'라고'

이러한 생각이 머릿속에 박혔다. 나는 웃음을 잃었고 또다시 모든 게 어색하게 느껴졌다. 진짜 재밌어서 웃었던 게 아니라 웃는 척을 한 거 같다는 생각이 나를 불편하게 만들었다. 2차로 자리를 옮기려고 할 때 친구들에게 거짓말하고 먼저 집에 간다고 말했다.

　도대체 뭘까. 파티에서의 '나'와 친구들과 있을 때의 '나'가 뒤섞이는 기분이 들었다. 속이 매스꺼웠다. 술을 많이 마시긴 했지만, 그 이유 때문에 울렁거림을 느낀 게 아니다. 집 앞 놀이터 가로등을 붙잡고 구토를 하기 시작했다. 조금 살 거 같은 기분이었다. 갑자기 말도 안 되는 생각이 들었다.

　파티에서의 '나' 친구들과 있을 때의 '나' 이런 '나'들을 의심하기 시작한 존재는 누구란 말인가. 그 존재도 결국 나였다.' 나'라는 사람들을 바라보며 판단하는 또 다른 '나'에 대한 생각이 머리를 복잡하게 했지만. 닭살 돋지 않았다.

내 안의 이중성을 해려해줘야 해..
가끔은 이것도 맞고 저것도 맞는 거야.
이해보다 체감을 먼저 배울 수밖에 없는 상황에 던져진 게 사람이니까..

이중성에 대한 배려

'그 이중성이 사람입니다. 여러분은 사람이고 그 사람을 배려해야 합니다.'

예전에 대학 강의에서 미술학을 들은 적이 있다. 교양학점을 채우기 위해서 별생각 없이 들은 강의였다. 하지만 예상치 못하게 많은 걸 얻게 됐다. 교수님께서는 첫 수업 때, a4용지를 나눠주시고 사랑하는 것과 증오하는 것을 그려보라고 하셨다. 간단하게 끝내려고 했지만 고민하면 할수록 생각이 복잡해졌다.

사랑하는 것이 있었나.
증오하는 것이 있었나.

아니다. 분명히 있었다. 내 모든 셀 넌셔버릴 만큼 사랑하는 것들이 있었고, 죽여 버리고 싶을 만큼 증오했던 게 있었다. 고민 끝에 나는 사람을 그렸다. 사랑하는 것과 증오하는 것, 둘 다 사람을 그렸다. 교수님은 이렇게 말씀하셨다.

'그 두 가지는 결국 같은 것입니다.'

순간, 내 모든 걸 교수님께 들킨 기분이었다. 증오와 사랑은 상반된 감정이다. 그러니 그려지는 것은 당연히 반대의 성질이 나와야 맞는 것이다. 하지만 나는 둘 다 같은 것을 그렸다. 그리면서도 이게 맞는 것인지 하는 의심이 있었는데 교수님은 확신에 찬 표정으로 말씀하셨다.

'이중성이 사람입니다.'

그 말을 듣고 주변을 둘러봤다. 다른 학생들이 고개를 끄덕이기 시작했다. 어떤 학생들은 미소를 짓기도 했다.

살아간다는 건 이해보다 체감이다. 단어의 뜻 자체로 봤을 때, 반대의 단어는 상반되는 것들을 반영해야 한다. 하지만 삶은 단어로 표기될 수 있지만, 단어가 삶을 반영하지는 못한다. 교수님께서는 결국 그걸 전달하고 싶으셨던 거다. 교수님께서는 미술학이라는 이름으로 삶을 보여주기 시작하셨다.

수업이 끝나고 자리에 남아서 내가 그린 것을 몇 초 동안 바라봤다. 그리고 사랑의 그림과 증오의 그림을 나누는 선을 지워버렸다. 살아가기 위해 나의 이중성을 배려하고 싶었다.

진심은 마음을 다해주는 것이 아니라 내 마음을 상대방에게
끝까지 들키지 않는 것이 아닐까!

달갑지 않은 솔직함

진심이라고 용서받을 수 있는 게 아니다. 솔직하다고 해서 이해받을 수 있는 게 아니다.

'솔직하게 말할게'

이렇게 시작되는 말은 대부분 상대방에게 느꼈던 부정적인 감정이다. 우리는 사람을 만나면 수도 없이 많은 평가를 하고 받곤 한다. 성격, 태도, 말투, 가치관, 등등 자신과 조금이라도 다르고 자신을 불편하게 만든다면 마음속에 꾹꾹 눌러서 참기 시작한다.

그리고 상대방이 더 잘 되기를 바라는 마음이라고 생각하며 그러한 평가를 '진심' 이라는 단어로 미화시킨다. 하지만 그 미화가 허용되는 것도 진심이 들키지 않을 때까지이다. 만약 상대방이 이러한 낌새를 눈치를 챈다면 어떠한 진심을 뱉어내도 그건 달갑지 않은 솔직함으로밖에 다가오지 않는다.

'너 성격 중에 이러한 점만 고치면 더 좋을 거 같아.'

이러한 진심도 상대방에게 들키게 되면

'솔직히 너 성격이 별로 맘에 안 들어.'

이렇게 받아들이게 될 수밖에 없다.

사람 관계에서 솔직함이라는 게 무엇이고 진심이라는 게 무엇이란 말인가. 어차피 두 가지 모두 다 자신이 편해지기 위한 것들에 불과하지 않은가. 사람들이 호흡을 나누면서 살아가는 이상, 이러한 불편함은 불가피하다. 동시에 그 불편함을 자기중심적으로 지워버리려고 하는 것도 불가피하다. 진심으로 미화시켰던 그 마음속 혼잣말을 끝까지 들키지 않아야 한다.

아침에 일어나서 담배를 사러가면 주인 아주머니는 나를 나이 먹은

백수 보듯이 바라보네.

근데 사실 이런 생각도 그냥 내 마음속에 있는 또 하나의 거울이지..

웃겨 사람 산다는 게, 다들 그런 거울을 깨지 못해서 안달인 게.

나는 거울 통해서 나를 바라보는 게 아니라

거울 그 자체를 바라보려고

거울 자체를 보려고

거울에 비치는 '나'가 아니라, 거울 자체를 바라보려고

일어나면 담배를 피우는 습관이 있다. 부모님은 몸에 안 좋다고 담배를 끊으라고 말을 하지만 쉽게 되지 않는다. 담배를 피우면서 느껴지는 공허한 분위기가 영감이 될 때가 많다. 누구든 각자가 가지고 있는 이러한 패턴이 있지 않을까 생각한다. 자발적으로 공허함을 느끼고 싶어서 하는 행동들 말이다.

사람이 가지고 있는 모순 중 하나가 외부의 상황에 의해서 만들어지는 공허함은 배척하면서도 사람에 부대끼면서 외로워질 때는 공허함을 그리워한다는 것이다. 자발적으로 얻어내는 공허함, 그런 순간이 올 때 자신에게 더 가까워지는 느낌을 받는다.

작가라는 직업은 좋게 말하면 프리랜서지만 어떻게 보면 백수에 불과하다. 새벽 작업이 늦게 끝나고 아침에 일어나서 담배를 사러 슈퍼에 가면 가게 아주머니의 시선이 달갑지는 않

다. 철없는 백수를 보듯이 바라본다. 매번 느끼는 시선이지만 그 시선 끝에 나는 쓴웃음 한 번 지으며 가게를 나온다. 사실은 그렇게 본 건 아주머니가 아니라 나 자신인데도 말이다.

내가 하는 일이 어느 정도 백수와 비슷하다는 걸 느끼는 건 결국 내면의 거울이다. 열등감이 만들어낸 거대한 거울은 외부의 모든 것들을 내면으로 가져와서 비춰버린다. 나를 포함한 모든 사람은 그 거울이 파괴되기를 원한다. 하지만 거울은 잘못이 없다. 그 거울 앞에 서서 자신을 하찮게 바라보고 있는 '나'의 잘못일 뿐이다.

내가 지어버린 쓴웃음은 그 거울을 파괴하기 위한 노력이 아니다. 그저 거울에 비추는 나를 바라보지 않고 그 거울 자체를 바라보기 위한 노력이다.

그렇게 담배를 사고 작업을 시작한다. 그리고 또 다음날 이렇게 쓴웃음을 머금고 담배를 산다.

모두가 두 개의 삶을 살고 있는 거야.
근데 스스로 그 두 개의 삶 사이의 흐름을 너무는 막지 마. 너무 막으
려고만 하니까
술먹고 취해서 별 게 다 나오잖아..
그리고 뭐가 솔직함인지 헷갈려 하면서 너의 것들인데
낯설게만 느끼면서 울컥해 하잖아..

모두가 두 개의 삶을 살고 있는 거야

'재미를 느끼는 삶', '재미를 느끼지 못하는 삶'

우리는 크게 두 개의 삶을 살고 있다. 어떤 날은 사는 게 이렇게 재밌나 싶을 정도로 미친 듯이 웃는다. 까칠한 생각들을 다 접어두고 그냥 웃는다.

하지만 얼마 가지도 못해서 급격히 우울해진다. 하루하루가 그저 그렇게 지나가는 게 눈에 보이기 시작한다. 그리고 '왜 이렇게 살아가지?' 이런 질문에 모든 게 휩싸이고 만다. 그 두 가지의 삶은 유연하게 흘러가지 못하고 내적 단층이 심하게 일어난다.

'이런 분위기에서 웃어도 되는 걸까?'
'이런 분위기에서 진지해져도 되는 걸까?'

사람 모두가 이러한 두 가지의 삶을 가지고 살아가는데 정작 사람은 그 두 가지를 모두 보여주기보다는 상황에 따라서 둘

중 하나를 숨기면서 살아간다. 그러다가 더 많이 숨겨지는 삶과 더 드러나는 삶이 정해지게 된다. 정체성의 혼란은 그때부터 시작된다.

'내가 정말 이런 사람이라고?' 이러한 질문이 머릿속에 맴돌기 시작하고 더 드러나는 삶에 대해 슬픔을 느끼고 더 숨겨지는 삶에 외로움을 느낀다. 놀라운 건 누구도 시키지 않는다. '이런 모습을 더 드러내고 저런 모습을 더 숨겨'라고 부탁하거나 명령한 사람은 한 명도 없다. 결국, 모두가 스스로 선택한 결과일 뿐이다.

우리는 이러한 삶의 공존과 분열이 반복되면서 더 숨겨지는 자신의 삶에 낯섦을 느끼게 된다. 그러면 아무리 자신의 것이어도 질감이 느껴지지 않고 외로움만 느껴지기 시작하면서 어색해지기 마련이다.

그래서 술에 취하고 주사를 볼 때, 상대방이 평소와 다르게 눈물과 웃음을 드러내는 것, 아마 그게 그렇게 그 사람이 숨겨오면서 외로움을 느끼던 삶의 진짜 모습일지도 모른다.

우리는 어쩌면 가면을 거꾸로 쓰고 있을지도 몰라..
가식에도 무뎌지기 싫어하는 게 사람이니까.

| 사는게 재미 없어도 반짝이는 순간은 곁에 있어

거꾸로 쓰고 있는 가면

나는 무뎌지는 것을 정말 싫어한다. 감정이 몰아닥치면 막혀 있는 공간에서 복잡하게 엉켜버린 실들에 묶여버린 기분이 든다. 그런 순간이 찾아올 때마다 감정 자체가 미워지고 가슴이 찢어진다. 얼른 그 답답함에서 벗어나고 싶은 마음에 발악하게된다. 하지만 감정에 무뎌지면 감정 자체가 없어진다.

무뎌지기 시작하면 텅 비어버린 공간에 혼자 덩그러니 떨어진 느낌이 든다. 미워할 것도 좋아할 것도 없어진다. 답답한 마음도 없다. 막혀있는 공간이어도 두려움이나 무서움도 없다. 무뎌짐에 젖어버리면 그저 모든 게 이렇게 받아들여진다.

'이 또한 지나가겠지, 뭐.'

이 이상도 이하도 없다. 나는 그래서 무뎌지는 게 너무 싫다. 현재의 순간을 과거의 기억으로 인식하고 미래를 과거의 결과로 받아들이게 되는 것, 나에게는 그게 지옥 그 자체다.

가식에서마저도 무뎌지는 것이 싫다. 다양한 사람을 만나면서 다른 가면을 꺼냈다. 사람들에게 덜 상처받기 위해서 한 행동들이 아니었다. 그냥 내가 누구인지 몰라서 본능적으로 나온 행동들이었다. 가면을 쓰기 시작하면 상대방을 앞에 두고 나 자신과 대화를 시작한다.

'이거 너의 진짜 모습 아니잖아.'

이런 생각이 계속 맴돌기 시작하면 슬퍼진다. 나는 나 자신을 모르는데, 가면이 '나'라는 사람을 정의하는 기분이다. 그렇게 사람을 만나고 헤어지면 가면을 벗는 동시에 또 다른 가면을 꺼낸다. 스스로에 대한 회의감과 슬픔이 반복되면서 살아간다. 하지만 더 힘든 건 이런 가면에도 무뎌지기 시작한다는 것이다.

가면을 쓰면서 슬퍼지고 회의감이 들 때, 진짜 '나'의 모습을 찾으려고 하는 게 느껴진다. 그런데 무뎌지기 시작하면 슬픔과 회의감마저도 없어진다.

가면을 쓰는 거 자체에 대한 어떠한 생각 자체가 없어졌다. 가면이 이제는 그냥 피부와 동일시 여겨진다. 진짜 '나', 가짜

'나'에 대한 고찰마저도 삭제되어버린 것이다. 이렇게 되고 나서 어떤 상황에도 유연해지는 나를 바라보며 사람들은 이 한마디를 건넨다.

'정말 사람답네.'

완벽하게 상황을 이겨내려고 하는 것 무덤덤하게 그 상황을 받아
들이는 것
- 완벽하지 않은 사람으로 사는 것

사는게 재미 없어도 반짝이는 순간은 곁에 있어

덜 사람이 되는 거.

  사람은 사람이면서 사람다워지기를 원한다.

  '사람'이라는 게 무엇일까. 그리고 '사람다움'은 또 무엇일까. 살면서 우리는 '사람답지가 않네.' 이런 말을 자주 한다. 너무 완벽한 사람, 너무 솔직한 사람, 너무 고집이 센 사람, 등등 '너무 어떠한' 사람들이 보통 그런 말을 듣는다. 이렇게 보면 우리가 말하는 '사람'에 대한 정의는 이것이다.

  '너무 그러지 않는 것'

  이 조건을 만족시켰을 때, 우리는 사람답다고 말하며 인간적이며 사람 냄새 난다고 표현한다. 하지만 여기서 한 번 더 짚고 넘어가야 할 것들이 있다. 그러면 조건 안에서 '그러한 것'은 무엇이란 말인가. '솔직함', '완벽함' 등등의 '그러한 것'에 해당하는 것에 대한 정확한 정도가 없다. 결국, 우리는 아무것도 모르는 상태에서 누군가를 판단하고 평가해버리는 잣대로 '사람답다'라는 말을 사용한다.

친구 중 한 명이 얼마 전 이별을 했다. 나를 포함한 몇 명이 위로해주기 위해서 모였다. 막상 만나고 보니까 이별한 친구는 생각보다 담담했다. 충분히 사랑했고 조금의 후회는 남지만, 최선을 다했다고 했다.

사랑과 이별을 대하는 태도는 모두가 다르기에 나는 그럴 수도 있겠다고 생각했다. 그리고 친구가 많이 슬퍼하지 않고 이겨내고 있는 거 같아서 다행이라는 마음이었다. 그때 다른 한 친구가 이런 말을 했다.

'넌 어떻게 사람답지가 않냐'

진심으로 사랑했다면, 그렇게 담담한 태도로 나오는 게 아니라 어떻게든 붙잡고 싶어야 하는 게 아니냐는 것이다. 하지만 우리 모두 알고 있다. 이별을 받아들이지 못하고 놓아주지 못하는 게 미성숙한 모습이라는 것을. 알고 있지만, 이별한 그 친구의 태도나 생각이 너무도 완벽했기에 그 친구처럼 이별을 대처하지 못 하는 자신이 보기에는 너무 사람답지 않고 냉정하게만 보였던 것이다.

슬퍼하면서 울기도 하고 미련이 남는 게 사람일까. 그게 사람다운 것일까. 어쩌면 누가 보기에는 그 친구처럼 이별을 차분하게 받아들이는 게 사람답게 보일 수도 있다.

어차피 우리는 사람이다. 그러하기에 자신에게서 나오는 모든 분위기는 사람다움이다. 이래 봤자, 사람이기에 사람답지 않음이 또다시 보일 것이다.

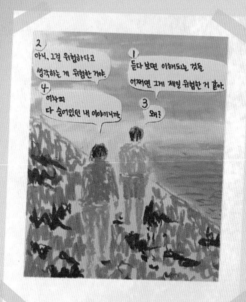

1. 듣다 보면 이해되는 것들, 어쩌면 그게 제일 위험한 거 같아.

2. 아니, 그걸 위험하다고 생각하는 게 위험한 거야.

3. 왜?

4. 어차피 다 숨어있던 내 이야기니까.

현상이 위험한 게 아니야, 생각이 위험한 거야.

우리는 수많은 현상에 휘둘리면서 살아간다. 휘둘린다는 표현은 그 현상에 의해서 자신의 중심이 흔들리는 것이다.

사람은 휘둘리고 있는 자신을 바라보면서 현상이 이해되는 과정이 위험하다고 생각한다. 현상이 자신을 집어삼킨다고 느끼기 때문이다. 현상과 자신의 자아가 동등한 위치에서 상호작용하는 것이 아니라 종속 관계가 되기 때문이다. 정말 중요한 것은 수많은 현상이 위험한 게 아니고 현상을 위험하다고 판단하는 생각이 위험한 것이다.

현상에 부닥치게 되면 이해되는 과정을 거치게 된다. 그리고 설득당하고 자신의 허용범위 안에 그 현상을 포함하게 된다. 사고의 폭이 넓어지는 것일 수도 있지만, 대부분은 오히려 기존의 폭이 좁아진다고 생각한다. 받아들여지는 현상 안에 자신의 자아를 풀어주지 못하는 상태에서 끊임없이 새로운 현상을 이해하기만 한다는 것이다. 그래서 현상 그 자체를 두려워하고 위험하다고만 바라보는 것이다.

하지만, 현상이라는 것은 사람과 사람이 만들어내는 마찰에 불과하다. 그러니 마찰마저도 사람의 것이다. 현상이라는 것은 사람에 의해서 빚어지는 것이기에 만나보지 못한 세계이더라도 이해가 되는 게 당연하다.

현상은 말이 없다. 현상에 수식을 붙이고 행위를 더하는 것은 사람의 생각이다. 그러므로 현상이 위험한 게 아니다. 위험하다고 생각하는 인간의 사고가 위험한 것이다.

자신도 사람이라는 것을 인지하고 새로운 현상을 마주하게 됐을 때, 그것도 결국 사람에게서 비롯된 것이기에 자신의 안에 분명히 존재한다고 인정하는 것이 중요하다. 그게 사람으로 살아가는 것이다.

글 작업 기간 중 휴식하기 위해서 혼자 여행을 떠났다. 숙소에 도착해서 녹음기와 메모장은 하루 종일 off.

남들에게 휴식은 책을 읽거나, 자신의 솔직한 감정을 글로 적어내는 것일 수도 있다. 하지만 작가에게 휴식은 그 어떤 감정도 느끼지 않으며 영감을 받기 위해 감각을 세워놓는 일로부터 자유로워지는 것이다. 밤이 왔고 게스트하우스 사람들과 가볍게 술을 마시게 됐다.

여행은 처음 보는 사람에게 나 자신의 솔직함을 보여줄 수 있게 만들어준다. 여행 온 사람들은 모두 어떤 압박으로부터 자신을 잠깐이라도 풀어주려고 한다. 그래서 자연스럽게 자신들의 속 이야기를 꺼내기 시작했다. 그중 한 분과 조금 더 깊게 이야기하게 됐다.

나는 사람을 우선 믿고 보는 성격이다. 믿어보고 나서 나에게 벽을 치거나 부정적인 태도로 나온다면 그때 조금씩 멀어지는 사람이다. 하지만 그분은 믿어보기 전에 의심을 먼저 한다고 말했다. 누구 하나 믿기 힘들고 자신을 배신할 거 같아서 긴 시간 동안 의심을 한다고 했다.

나와 전혀 다른 가치관이었기에 조금 받아들이기 어려웠다.' 그렇게 사람을 대하면 결국 자신에게 남는 게 무엇일까?' 이런 생각이 들었다. 반대로 그분은 나를 이해하기 어렵다고 말했다. 그렇게 쉽게 사람을 믿어서 얻어지는 게 가벼운 마음뿐인 거 아니냐고 말했다. 서로의 다른 점을 받아들이지 못한 채로 '이런 사람도 있구나.' 이 정도에서 대화를 끝냈다.

방에 들어와서 몇 시간 동안 천장만 보면서 생각을 곱씹다가 담배를 피우러 나왔다. 불현듯 학창 시절에 왕따를 겪으며 누구 하나 믿지 못했던 나의 과거가 떠올랐다. 나라고 그분의 가치관을 경험으로 겪지 않았던 게 아니었다.

　별로 가득 찬 밤하늘이었다. 무엇 하나 더 빛나거나, 덜 빛나는 별이 없었다.

　모두가 사람이었다.
　나도 사람이었다.
　모든 건 내 안에 있었다.

대화에서 공백이 생길 때 의도된 정지가 아니라면 눈치볼 필요없어.
누군가는 그 공백을 채우려고 하겠지
누군가는 그 공백을 지우려고 하겠지
누군가는 그 공백을 낯설어하겠지
그러다가 아무 말도 없이 담배 하나 피우는 거지 뭐..
각자가 생각하는 의미로 툭 던지면서 말이야.

의도된 공백이 아니라면

나는 대화가 끊기는 것을 못 견디는 성격이다. 조금만 정적이 흐르면 내 잘못이라고 생각하고 무슨 말이라도 해서 공백을 채우려고만 한다. 궁금하지도 않은 것들을 물어보고 웃기지 않더라도 더 크게 웃는다. 그 공백이 주는 공허함이 너무도 싫다.

나는 왜 그러는 것일까. 정적이 흐르기 시작하면 보이지 않는 것들이 튀어나오는 기분이다. 자리를 불편해하는 표정들, 말하기 귀찮아하는 하품, 핸드폰만 보는 것, 멍 때리면서 창문만 바라보는 것, 등등... 뭔가 혼자가 되는 기분이다.

그 외로움은 오히려 나에게 책임감을 줬다. 정적을 지워버려서 혼자가 되는 기분 자체를 삭제해야 한다는 부담감이 생긴다. 그래서 어떤 자리가 끝나도 항상 집에 가는 길에는 뿌듯함과 찝찝함이 공존한다. 정적을 한 번도 만들지 않았기에 뿌듯했다. 하지만 나만 정적을 지우기 위해 노력하는 거 같은 그 기분이 찝찝했고, 또다시 나를 외롭게 만들었다.

어차피 혼자였고 외롭다. 나에게 그 정적은 안간힘을 써도 느껴지는 외로움 그 자체였다. 과연 다른 사람들은 그 공백을 어떻게 받아들였을까. 그들에게 그 공백은 무엇이었을까. 그거까지 알려고 하는 건 욕심인 걸까.

시끄러운 술자리 속에서 혼자 슬며시 나가서 담배를 피우는 친구를
봤어. 친구 등은 아무 대답도 없었어.
근데 살짝 굽어지는 등과 어설프게 머리를 긁는 그의 손이 나에게
말해주고 있는 거 같았어. 자신은 웃고 있지 않다고.. 웃고 있지 않은
나를 알아봐 달라고, 그렇게 꺼져가는
담뱃불을 보고 있다가 친구가 들어왔어. 너무도 해맑게 웃는
표정으로, 아무 일도 없었다는 듯이. 그래서 우리는 아무일도 없던 게
됐어.

아무 일도 없다는 듯이 말이야.

초등학교 동창회를 한다는 연락을 받았다. 아직 어리다고 생각했지만, 초등학교 졸업한 지가 벌써 10년이 넘었다는 것을 실감하니까 느낌이 이상했다. 그렇게 꼬맹이였던 우리가 성인이 되고 나서 다들 어떻게 지내는지 궁금하기도 했다. 그나마 1년에 한두 번씩 연락하는 초등학교 동창 친구와 같이 가게 됐다.

동창회에 도착하고 사람들을 보는데 누가 누구인지 헷갈리고 이름도 가물가물했다. 그러다가 각자 이름을 말하면서 서로를 확인하고 놀랐다. 우리는 그렇게 천진난만한 초등학생으로 돌아갔다. 기억도 나지 않았던 어린 시절의 추억들이 떠오르면서 수다는 끝나지를 않았다.

막차 시간이 다가오면서 자리는 마무리되는 분위기였다. 다들 나중에 술 한 잔 꼭 하자는 말을 하면서 자리를 일어나기 시작했다. 너무도 뻔한 그 한마디가 이번에는 정말 진심들 같았다. 그런 모습들을 보면서 나도 모르게 흐뭇한 미소를 지었다.

남은 사람들은 2차를 가고 싶은 사람들끼리 자리를 옮겼다. 나는 동창회 장소와 집이 멀지 않아서 2차에 참여했다. 시끌벅적한 분위기 속에서 우리는 어른이 돼서 힘든 고충들을 나누기 시작했다. 회계사를 준비하는 친구, 검사를 준비하는 친구, 요리사, 유치원 선생님, 바리스타, 회사원 등등 모두가 최선을 다해서 버텨가는 중인 것처럼 보였다.

시간이 새벽을 넘어가면서 조금씩 취해가기 시작했다. 조금씩 2명 3명씩 끼리끼리 대화하기 시작했다. 나는 친구들을 바라보면서 가만히 생각에 빠졌다. 그러다가 혼자서 담배를 피우러 나가는 친구를 보게 됐다. 그 친구는 계속 웃으면서 사람들을 편하게 해주는 성격이었다. 문을 나가기 전까지만 해도 계속 웃는 모습이었다. 그러다가 문을 나가려고 딱 문을 여는 순간에 지어지는 씁쓸한 표정을 봤다.

내 모든 시선은 그 친구에게 집중됐다. 그 친구는 뒤돌아서 담배를 피우기 시작했다. 어설프게 머리를 긁거나 등을 살짝 굽히면서 고개를 젓기도 했다. 뭔가 나에게 말해줄 게 있는 거처럼 느껴졌다.

'웃고 있지 않다고... 웃고 있지 않다고... 알아봐 달라고...'

그 친구의 마음을 정확히는 알지 못한다. 하지만 문을 열면서 보였던 그 쓸쓸한 표정이 자꾸만 맴돌았다. 그 친구는 다 피우고 나서 아무런 일도 없다는 듯이 들어왔다. 들어오자마자 웃으면서 술을 마셨고 가게 안은 그 친구의 웃음소리로 가득 찼다.

아무런 일도 없다는 듯이 들어와서 아무 일도 일어나지 않았고 나도 아무렇지 않게 그 친구를 대했다. 아무렇지도 않았다. 그 누구도.

1. 살다보니까 이 모든 게 눈 감아주니까 되는 일이더라.
2. 웃어주고 울어주고 그냥 그렇게 사람냄새 풀풀 풍기면서 사는 거
   그거 당연한 게 아니지..
3. 되게 슬픈데 아름답네.
4. 슬픈데 아름다운 거, 그걸 따듯한 거라고 말하는 거더라.

슬픈데 아름다운 거, 그게 따뜻한 거 일 수 있어.

어머니는 항상 내 이야기를 잘 들어주신다. 어릴 적부터 어머니의 사랑으로 자라왔다. 받은 사랑을 꼭 베풀라고 말씀해주신 분이 어머니다.

성인이 되고 나서도 고민이나 걱정이 있으면 어머니에게 조언을 많이 구했다. 그런데 사실 어머니는 정답을 알려주신 적이 많지 않다. 항상 나의 이야기를 끝까지 들어주시고 공감해주시고 내 편을 들어주셨다. 신기한 건 그렇게 엄마와 이야기하다 보면 내가 스스로 해결방법을 말하고 있었다.

얼마 전 어머니께 '삶에 대한 권태'에 대해서 걱정과 고민을 털어놓았다. 어머니는 50대에 가까워지고 있었지만 20대 중반에 불과한 나의 이야기를 성심성의껏 다 들어주셨다. 나는 이야기 하던 와중에 여쭤봤다.

'엄마, 엄마는 다 알고 있지 않아?'

조금은 추상적으로 물어본 느낌이 없지 않았다. 그냥 내가 살아온 인생은 분명히 엄마가 겪어보신 경험이었을 거라는 생각이 들었다. 데칼코마니처럼 완전히 똑같은 삶은 존재하지 않지만, 그래도 내가 가진 삶에 대한 고민을 비슷하게 겪어보신 거 같았다. 그래서 어머니는 다 알고 계실 거 같았다.

어머니는 따듯하게 웃으시면서 내 머리를 쓰다듬으셨다. 그리고 대견하다는 듯이 이렇게 말씀해주셨다.

'사는 건 알면서 모르는 척해주는 거야.'

엄마는 그 이상으로는 말을 하지 않으셨다. 집을 나와서 작업실까지 걷기 시작했다. 모르는 척해주는 거, 그게 무엇이란 말인가. 그렇게 생각을 하다가 정말 단순하게 이런 생각이 떠올랐다.

꽃을 들고 기다리는 남자친구를 발견했지만, 모른 척하면서 서로가 행복해하는 장면이 생각났다. 남자는 꽃을 여자 친구 몰래 선물해서 행복하고, 여자는 그런 남자친구의 진심을 멋지게 만들어줘서 행복한, 비록 척하는 태도로 거짓말을 섞었지만 그래도 그로 인해 감정들이 꽃피우며 아름다워진다.

살다 보면 분명히 누군가를 위해서 알면서 모르는 척해주는 상황이 올 것이다. 자신을 어느 정도 속이기에 슬플 수도 있지만 아름다울 수 있다. 웃어주고 울어주는 모든 감동이 일어날 수 있다. 슬프지만 아름다운 것, 그게 따뜻함이다. 그리고 그게 '사람다움'이지 않을까.

4장

그래도 우리가
할 수 있는 건 있어

뻔한 하루에서 느끼는 감정, 날씨, 표정, 기분, 등을 모두 짚고 넘어
가야해. 그래야 날마다 조금씩 다른 고리가 만들어지지.

무조건 짙게 남겨야지 바라볼 수라도 있어.

시작점과 도착점이 같아져 버리는 순간, 시각을 포기할 수밖에 없어.

삶의 권태에 젖어버리면 우리는 좋고 싫고의 감정을 잃어버린다. 삶은 그저 그렇게 찾아오고 또 그렇게 지나간다. 변하는 것 하나 없고, 변하지 않는 것 하나 없이 숨만 쉬면서 살아간다. 우리는 변화 없이 돌아가는 삶의 고리에 빠져버렸다. 남은 건 삶에 대한 한탄과 회한뿐이다.

그렇다고 잘못 살아온 걸까? 그건 또 아니다. 그게 더 문제다. 잘못 살아왔다면 문제점을 찾고 해결점을 찾으면 된다. 하지만 그게 가능하지가 않다.

인생은 답과 방향이 없기에 옳고 그름이 없다. 살다 보니까 '여기'라는 공간에 도착했고, '여기'를 벗어나기에는 삶의 고리가 잡히지 않는다.

결국 '이 또한 지나가겠지. 뭐' 이런 말을 입에 달고 살면서 삶과 자신의 자아를 분리한다. 그리고 지독한 삶이 주는 권태에 익숙해지고 만다.

'나는 원래 이랬으니까' 삶의 전반적인 흐름 자체를 '원래 그런 것'이라는 말로 고착화해버린다. 이렇게 되면 우리는 삶의 고리를 바라볼 수 있는 시각을 잃게 된다. 삶의 굴레와 '나'라는 존재가 거리 유지를 실패하고 종속 관계가 되기 때문이다.

얼마나 슬프지 않은가. 삶에 대한 권태를 느끼는데 삶의 지루한 고리마저 볼 수 없게 된다는 것이. 적어도 그 고리를 볼 수 있는 시각을 지키기 위해서 우리는 고리의 시작점과 도착점을 같게 해서는 안 된다. 그렇게 한다고 삶의 고리 전체를 바꿀 수는 없다. 하지만 고리의 시작점과 도착점을 같지 않게 만드는 노력을 통해 그 고리를 인식할 수는 있게 된다.

'내가 삶에 대한 권태를 느끼고 있구나.' 이러한 인식을 할 수는 있을 때 까지 우리는 모든 것을 최대한 짙게 남겨야 한다. 뻔한 하루에서 느끼는 감정, 날씨, 표정, 기분 등등을 모두 짙고 넘어가는 것이다. 그래야지 날마다 짙게 남기는 부분을 기점으로 조금씩 다른 고리가 만들어진다.

지루하고 뻔한 고리들이 새롭게 또다시 만들어지면서 우리는 새로운 고리에 들어가게 된다. 그러면서 이전의 고리를 바라볼 수 있게 된다. 삶의 권태에서 벗어나지는 못하지만 그 고리 안에 자신이 있다는 것은 확인할 수 있게 된다.

1. 흔해 빠져보이는 것들도 막상 내 이야기가 되면 정말 다르게
   느껴지더라.
2. 그래서 항상 조심해야 해. 결국, 그 흔한 것들 속에서
   내 이야기가 나오는 거니까

사는게 재미 없어도 반짝이는 순간은 곁에 있어

흔한 것들 속에서 내 이야기가 나오는 거야

결국, 흔한 주인공이 되어버렸다. 그저 평범한 주인공이 됐다. 하지만 조심하지 않았고 주인공이 지워져서 평범한 어떤 게 되어버렸다.

세상은 흔한 것들로 이루어져 있다. 흔하다는 건 더 쉽게 접근될 수 있는 것들을 의미한다. 그래서 흔한 것들을 바라볼 때, 우리는 별다른 생각을 하지 않는다. '그냥 그런가 보다', 이렇게 반응하며 지나쳐버린다. 하지만 남 일처럼 바라보는 그 흔한 것들 속에서 자신의 삶이 파생된다.

흔한 것들이 자신의 이야기가 되면 너무도 다르게 느껴진다. 내가 살면서 흔하게 마주친 삶의 모습은 '권태'였다. 다들 다른 모습으로 살아가지만 결국 끝에는 자신의 삶을 지겨워했다. 벗어나고 싶어서 발악하지만 제자리걸음뿐이었다. 그래서 나는 '그냥 그렇구나.' 라고 말하며 넘겨버렸다.

시간이 꽤 지나고 나서 어느 날이었다. 거울에 비추어진 나를 바라보면서 혼잣말을 했다.

'사는 게 왜 이렇게 재미가 없지'

삶의 권태에 찌들어버린 것이다. 나는 흔하다고만 생각했던 그 지루한 삶의 주인공이 되어버린 것이다. 타인의 삶을 보듯이 '그런가 보다'라고 말하며 넘기기는 어려웠다. 그렇게 넘기기에는 소중한 나의 삶이었다. 별의별 생각이 다 떠오르기 시작했다.

왜, 어떻게, 하필 내가 이렇게 된 거지?

하지만 그 질문에 답은 없었고 서서히 질문들이 사라져만 갔다. 그러면서 주인공이 되기를 포기한 나 자신을 바라보게 됐다. 그리고 그냥 평범한 어떤 게 되어버렸다. 조심했어야 했다. 그 흔한 이야기들이 나의 이야기가 될 수도 있었다는 생각을 해야 했다. 나는 나의 삶을 바라보는 표정을 잃고 말았다.

1. 대단한 말들은 별것도 아닌 것들로 이루어지는 경우가 많은 거 같아.
2. 일상을 되짚어 주잖아. 붕떠있지 않고
3. 별것도 아니게 대단한 게 우리가 살아가는 삶이네?
4. 그럼! 우리 대단한 거야~

별것도 아니게 대단한 것

우연히 화장실 벽에 써놓은 짧은 글귀가 눈에 들어왔다.

'너 존나 잘하고 있어'

별것도 아닌 말이었다. 그런데 어떤 말로도 위로를 받지 못했던 내가 그 글귀에 위로를 받았다. 별것도 아닌 그 글귀가 대단해 보이기 시작했다. 정말 내가 잘하고 있다는 느낌이 들었고 모든 걸 이겨낼 수 있다는 생각이 들었다. 작업실에 들어와서 포스트잇을 꺼내 곧바로 적었다.

'너 존나 잘하고 있어'

그 이후로 주변 사람들이 힘들어하거나 고민이 있을 때, 나는 그 문장을 말해줬다. 나만큼의 위로를 받았는지는 모르겠지만 대부분은 따뜻한 표정으로 고맙다고 말해줬다. 대단한 말이라는 것은 정말 별것도 아니었다. 그저 일상을 다시 한 번 되짚어주며 속마음을 어루만져주는 말이 다였다. 반대로 예전에 들었던 현실감 없고 붕 떠 있는 말은 멋있게 보였지만 대단하게 느껴지지는 않았다.

그렇다. 별것도 아닌데 대단한 거, 그게 우리가 살아가는 삶이다. 어떻게든 버텨가고 견뎌내는 나의 일상이 대단한 거였다. 그래서 이런 일상들을 되짚어주는 것들이 대단한 문장이다. 그리고 조금 더 대단한 것은 일상 속에서 끙끙 앓아가며 내뱉지 못하고 위축된 감정을 건드려주는 말이다.

일상이지만 일상으로 끌어오고 싶은 감정들, 그걸 건드려주는 게 위로고 감동이다.

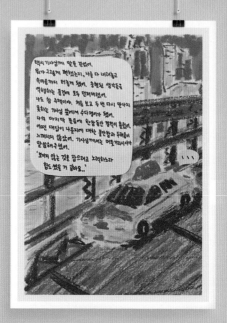

택시 기사님께서 말을 걸었어.

뭐가 그렇게 편했는지, 나를 다 내려놓고 속마음까지 터놓게 됐어.

충혈된 행각들을 역행하는 풍경에 모두 던져버렸어.

나도 참 주책이야. 처음 보고 두 번 다시 만나지도 못하는 기사님

앞에서 수다쟁이가 됐어.

나의 마지막 물음에 한참 동안 정적이 흘렀어. 어떤 대답이 나올지에

대한 불안함과 두려움이 느껴지지 않았어.

기사님께서는 머뭇거리시다가 말씀해주셨어.

'보이지도 않는 것을 잡으려고 노력하느라 힘드셨을 거 같아요.'

이방인을 만나고 나서야 이방인이 됐어.

이방인 : 다른 곳에서 온 사람

익숙한 장소에서는 익숙한 사람이 된다. 익숙한 사람들 앞에서는 나의 감정마저도 이 한 마디로 온점이 찍혀버린다.

'애 또 그러네.'

틀린 말이 아니다. 나의 감정이 남들에게 익숙해지고 평범해지기 시작하면 아무것도 아닌 게 되는 건 자연스러운 것이다.

택시를 타고 집에 가는 길이었다. 금방 갈 수 있는 거리였지만 차가 막혀서 시간이 꽤 걸렸다. 택시 기사님은 심심하셨는지 조금씩 나에게 질문하기 시작하셨다. 나이는 몇이고, 하는 일은 무엇인지, 대부분의 택시 기사님들은 자기 이야기만 하셨기에 간단히 대답만 했었다.

하지만 이 기사님께서는 조금 다르셨다. 나의 이야기를 뱉고 싶게 만들어주셨고 조심스럽게 속 이야기를 하기 시작했다. 익숙하지 않은 사람, 이방인이 내 앞에 등장함으로써 나의 고민과 슬픔이 익숙함에서 벗어났다.

두 번 다시 뵙지도 못할 분 앞에서 정말 솔직해졌다. 내가 가진 감정들이 생기를 얻는 기분이었다. 결국, 수다쟁이가 되어버렸고 기사님께서는 하나하나 진심으로 들어주셨다.

나는 마지막으로 내가 가지게 된 이러한 슬픔에 대해서 어떻게 해야 하는 게 좋을지 여쭤봤다. 정적이 흘렀다. 나를 무시하거나 귀찮게 생각하는 공기의 무게가 아니었다. 내 마지막 질문을 곱씹으며 생각을 정리하시는 모습이었다. 나는 그 질문에 답이 없다는 것을 알고 있었다. 기사님께서는 이렇게 말씀해주셨다.

'보이지 않는 것을 잡으려고 노력하느라 힘드셨을 거 같아요.'

질문은 방법을 물어본 거였지만 나의 상태를 짚어주는 대답이 돌아왔다. 사실 이미 내가 이방인이 돼서 나의 감정들이 생기를 얻었기에 물어보고 나서 어떠한 대답이 돌아와도 편안했을 것이다.

다 다른데 삶으로 보면 똑같아.

다 똑같아

일기를 왜 쓰는 것일까. 살다 보면 어쩔 수 없이 누구에게도 맘 편히 터놓지 못하는 이야기들이 생긴다. 우리는 그럴 때 일기를 쓴다. 사람과 부대끼며 살아가는 일상 속에서 오로지 자기만의 공간이 필요하다고 느낀다. 그러한 공간 안으로 들어갈 때 나 자신에게 조금 더 솔직해진다. 그리고 진심에 더 가까운 것들을 꺼낸다.

하지만 사실 우리는 일기를 잘 쓰지 않는다. 대신 위에서 말한 일기의 기능과 비슷한 공간을 마음속에 품고 살아간다.

아무리 혼자만의 공간이라고 하지만, 누군가에게 그 공간을 들키게 되는 순간이 있다. 혹은 의도치 않게 누군가의 것을 보게 되는 순간이 있다. 그럴 때 우리는 말로 설명할 수 없는 공감과 허무함이 동시에 찾아온다.

'모두 다 똑같기 때문이다'

일기와 같은 공간을 들키고 나면 이러한 생각이 든다. 나만의 진심과 솔직함이라고 생각했지만 정작 그러지 않았다. 어떤 면에서 남들도 모두 나와 비슷한 감정을 느끼기에 공감 받고 위로를 받는다. 하지만 또 다른 면에서 왠지 모르게 나를 잃어버리는 기분이 든다. 나만의 것이라는 생각이었지만, 막상 알게 되면 모두가 가지고 있는 것의 다른 모양일 뿐이었기 때문이다.

삶은 결국 똑같았다. 무엇을 보여주고 무엇을 숨기는지 마저도 소름 끼칠 정도로 똑같았다.

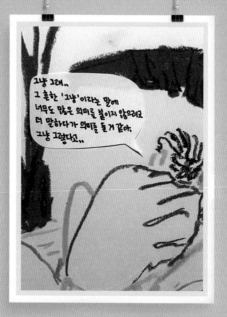

그냥, 그냥, 여기에 이유를 붙이면 왜 안 되는 걸까? 너무 많은 이유를 붙일 수 있기 때문일까.

그냥, 그냥 그렇다고

'너 왜 그래?'
'무슨 일 있어?'
'아니... 그냥.'
'그냥이 아닌데 뭐, 왜 그러는데?'

친구들과 같이 걷다가 나는 말이 없어졌다. 그냥 말이 갑자기 없어졌다. 이유는 있었을 것이다. 하지만 내가 그 이유를 몰랐다. 표정이 굳어졌고 발걸음이 느려지기 시작했다. 친구들은 왜 그러는지 물어보기 시작했다. 정말 이유가 없었다. 그래서 '그냥'이라고 말했다. 그 말을 뱉는 순간 친구들은 확신에 찬 태도로 나를 몰아붙였다. 나는 이유가 무조건 있어야 사람이 됐다.

'그냥'은 그 단어만으로 충분하지 않았다. 친구들은 한숨을 쉬기 시작했고 답답해했다. 정작 답답한 거 나였는데 말이다. 이유가 없는데 이유를 말해야 했다. 결국, 조금씩 '그냥'이라는 말에 의미를 붙이기 시작했다.

말이 없어진 상황과 무관하게 썩 내키지 않는 감정과 찝찝했던 기분을 토해내듯이 내뱉었다. 그냥 그렇게 대충 말해버리고 넘어가려고 했다. 하지만 친구들의 얼굴은 모두가 '그럴 줄 알았어.'라는 느낌의 표정으로 나를 바라봤다. '그냥'의 의미는 풍부해졌고, '그냥'이라는 단어는 지워졌다.

하도 나를 추궁하기에 최근에 느낀 감정들을 이유로 붙여버렸는데, 나는 그러한 이유로 인해 말이 없어져버린 게 되어버렸다. 어색하게 웃으면서 미안하다고 말했고 어영부영 상황은 넘어가게 됐다.

사람이라는 존재가 우스웠다. 이유를 만들어서 '그냥'을 채워버린다. 그러고 나니 정말 그 이유들 때문에 말이 없어진 거 같았다. 그 확신이 머릿속을 스쳐 지나가는 순간, 나도 모르게 웃음이 나왔다. 그냥 웃음이 나왔다. 정말 그냥, 그 순간의 '그냥'에는 어떠한 이유도, 의미도 붙이고 싶지 않았다.

1. 우리가 살면서 놓쳐서는 안되는 것들이 진짜 있기는 할까?
2. 그러게.. 놓치지 않으려고 하면 할수록 놔주는 연습만
   하는 거 같은데 말이야.

놓치지 않으려고 놔주는 연습만 해

놓치기 싫어서 결국 붙잡았어. 근데 과정을 보면 놔주는 것만 그렇게 반복했어.

버스를 타면 풍경을 바라보는 습관이 있다. 풍경을 바라보면 정적인 사물들이 겹치면서 흐려지게 보이기 시작한다. 내 마음 속이 그렇게 되고 싶은 건지, 그런 상태인 건지, 그냥 항상 버스를 타면 풍경만 지긋이 바라본다.

여느 때와 다름없이 풍경을 보고 있었다. 버스 안에서 누군가 스피커폰 상태로 강연을 듣기 시작했다. 다른 사람들은 눈살을 찌푸리면서 핀잔을 줬지만, 나는 그 강연의 내용이 들릴 듯 말 듯 해서 오히려 궁금했다. 그 강연자는 이런 말을 했다.

'반드시 붙잡으세요. 반드시... 붙잡으세요.'

속으로 '도대체 무엇을 붙잡으라는 거야'라는 말에 궁시렁 거리면서 다시 풍경으로 눈을 돌렸다. 근데 이상하게도 강연자가 했던 그 말이 머릿속에서 떠나가지를 않았다. 노트와 펜을 꺼내서 내가 붙잡은 것들을 적어보기 시작했다.

꿈, 사랑, 친구, 가족. 일 ...

적어보고 나니까 단어들을 바라보는 마음이 꺼림칙했다. 내가 정말로 붙잡은 것들일까. 지울까 말까를 계속 고민하다가 노트를 덮었다.

사실 붙잡을 거란 없었다. 그 주변의 것들을 놔주다 보니까. 결국, 남게 된 게 그거였을 뿐.

'붙잡았다'라는 표현보다는 '남게 됐다'라는 표현이 적절했다. 그리고 다시 노트를 폈다. 그 단어들이 위태로워 보였다. 얼마나 많은 것들을 놔주면서 남게 된 것일까. 남아있는 이 단어들 속에서 또다시 어떤 것을 놔주게 되고, 어떤 것은 남게 될 것이라는 생각이 스쳐 지나갔다.

1. 어쩌면 우리는 '그런 거 같은 거' 그것들만 반복하면서 사는지도
   몰라

2. 슬프네 우리 진짜라고 믿고 한건데. 근데, 이 슬픔도
   '슬픔 같은 거'에 불과하겠지?

3. 행복 같은 거, 사랑 같은 거, 이별 같은 거 뭐, 그런 거?

우리는 결국 '그런 거 같은 것' 그 속에서 살고 있어.

삶 같은 것, 그것을 살고 있어.

어느 날, 라디오에서 10년을 연애하고 헤어진 분의 사연을 들었다. 헤어진 주인공은 10년간의 사랑을 '사랑 같은 거'라고 말하며 헛웃음을 짓고 지낸다고 했다. 긴 연애 동안 느꼈던 모든 감정을 '그런 거 같은 거'라고 체념하듯이 말한다고 했다.

사연이 끝나고 라디오 DJ는 조금은 흔해 빠진 위로와 충고를 해줬다. 나는 그분이 큰 충격으로 인해 모든 감정에 대해서 회의감이 생긴 건 아닌가 생각했다. 그런데 생각보다 사람은 큰 충격이 없는 일반적인 상황에서도 꽤 그런 말을 자주 한다.

'재밌는 거 같아.'
'행복한 거 같아.'
'슬픈 거 같아.'

슬프면 슬픈 거고, 행복하면 행복한 거지 그런 거 같은 게 뭘까. 사실 감정이 무엇인지 알지도 못하면서 그냥 무심코 하는 말들이다. 내가 느끼고 있는 감정이 가짜는 아닌데 진심은 아닌 거 같아서, 아마 이게 가장 큰 이유인 거 같다. 마치 감정이라는 형체에 불을 비춰서 그려지는 그림자만을 느끼면서 살아가는 느낌이다. 그런 감정들이 모여서 이루어지는 삶은 무엇일까.

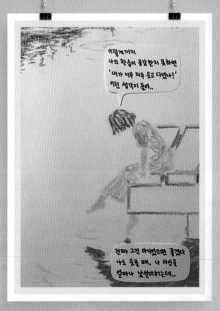

이렇게까지 나의 한숨이 공감받지 못하면 '내가 너무 자주 웃고
다녔나?' 이런 생각이 들어.
진짜 그건 아니었으면 좋겠다. 나도 웃을 때, 나 자신을 얼마나
낯설어 하는데

웃음에 얼마나 낯설어하는데...

대학교에 입학하고 정말 다양한 사람들을 많이 만났다. 모두 비슷한 나이였지만 조금씩 다른 모습을 가지고 있었다. 하지만 크게 두 가지 분류로 나뉘었다.

첫 번째는 항상 즐거운 사람들, 두 번째는 항상 슬픈 사람들이었다. 정도의 차이는 있겠지만 이야기를 나눠보면 전자의 사람들과는 웃음이 더 많이 나왔고 후자의 집단과는 한숨이 더 많이 나왔다.

동기였던 한 친구는 항상 즐거운 쪽에 속한 친구였다. 아무 것도 아닌 이야기더라도 그 친구가 하면 모두가 웃었고, 항상 술자리에는 그 친구가 있었다. 단 한 번도 그 친구가 가지고 있는 상처나 슬픔을 들어본 적이 없었다. 누군가 물어보더라도 친구는 항상 그런 게 없다고 했다.

종강하고 동기 친구들과 술자리가 만들어졌다. 시험도 끝났기에 내일을 생각하지 않고 마시기 시작했다. 그 자리에도 즐거움에 더 가까운 그 친구가 있었다. 다들 너무 빨리 마시는 분위기여서 나도 취했고 모두가 취했다. 그 친구는 몸을 가누지 못할 정도로 취해버렸다. 그때. 그 친구가 말을 흐리듯이 이렇게 말했다.

'다 나를 몰라줘,, 하...'

흐리게 말했지만 나는 똑똑히 들었다. 마냥 매일 즐겁기만 했던 그 친구의 그 말은 더 슬프게 들렸다. 하지만 다른 애들은 취했다고 놀리면서 사진을 찍고 웃기 바빴다.

나는 그 친구를 업어서 자취방에 데려다줬다. 자취방 침대에 친구를 눕히고 나서 물 한 잔을 마셨다. 마시다가 책상에 어떤 약봉지 하나가 보였다. 책에 가려져서 어떤 약봉지인지는 정확히 알 수 없었다. 나도 모르게 책을 살짝 치우고 바라보게 됐다.

우울증 약이었다. 약봉지를 보고 나서 그 친구가 지금까지 보여줬던 웃음이 모두 어색하게 다가왔다. 분명히 우리에게 티 내왔을 거라는 생각이 들었다. 그 친구만의 방식으로 티를 냈을 거다.

'나를 알아봐달라고.' 그리고 자신의 아픔을 들키지 않기 위해서 더 크게 웃었을 것이다. 깊게 잠들어버린 그 친구의 뒷모습을 바라봤다. 이불을 덮어주고 약봉지를 다시 책으로 가렸다. 조용히 자취방을 나왔다. 들어올 때 걸었던 복도였지만 낯설게 느껴졌다. 내일이 되면 아무렇지도 않게 웃으면서 인사할 그 친구의 표정이 상상됐다.

그 순간이 오면 나는 어떻게 해야 하는 걸까?

1. 어떤 단어들은 단어 자체만으로도 잡다한 생각이 스며드는
   거 같아 의미의 변질이라고 하 기보다는 그냥 좀 그래..
2. 예를 들면?
3. 사랑, 행복, 진심, 나?
4. 가까워지고 싶으면 멀게 느껴지고 멀어지면 가까워지는...
   뭐 그런 것들이 다 그렇지 뭐.

그 단어들 주변을 맴돌기만 하잖아.

상황이 만드는 잡다한 생각이 있다. 하지만 어떤 단어들은
상황이 없이도 단어 그 자체로 생각이 복잡해진다.

'행복'이란 단어만 떠올려도 너무 많은 생각이 든다. 돈, 명
예, 존경, 건강, 등등의 명사들이 떠오른다. 그리고 위로를 주
는, 도움을 주는, 부자가 되는, 유명해지는, 등등의 동사나 형
용사가 떠오른다. 그렇게 떠오르는 생각들은 뒤섞이기 시작한
다. 단어만으로도 이렇게 잡다한 생각이 뒤섞이다 보면 그 단
어의 정의가 무엇인지에 대해 다시 곱씹어보게 된다. 깊게 생
각할수록 정의는 더 간단해진다.

'그냥 좋은 게 좋은 거지 뭐,'

어쩌면 더 깊게 생각하다가 단어의 의미가 변절 될까 봐 무
서웠을 수도 있다. 혹여라도 잡다한 생각들이 순수한 정의를
집어 삼켜버릴까 봐, 그러면 나라는 존재가 담겨있다고 믿었던
단어가 흔들리고, 내가 흔들릴까 봐, 그렇다면 그런 단어들은

왜 이렇게 잡다한 생각들이 스며들까.

'나무'라는 단어를 떠오르면 그렇게 많은 생각이 뒤섞이지 않는다. 하지만, '행복', '사랑', '나', '진심' 등등의 단어들은 왜 그러는 걸까. 그 단어들이 정확히 무엇인지도 모르는데, 왜 복잡한 생각들이 스며드는지를 아는 건 말이 안 된다. 다만 그 단어를 대하는 우리의 태도는 어느 정도 보인다.

우리는 그 단어 주변을 맴돌기만 한다. 그러한 단어들은 '나'라는 사람 주변 가까이 있는 거 같으면서도 멀리 존재한다. 가까워지고 싶으면 멀게 느껴지기도 하고 멀어지고 싶으면 가까워지기도 한다. 그리고 품었다고 생각하면 사라져 버리기도 한다. 그러니 우리는 끝없이 그 단어들 주변을 맴돌 뿐이다.

1. 응? 왜 나왔어?
2. 으.. 너무 부대껴서. 저 사람들은 저 공기마저 노력으로 일궈내서 마시고 있는 거야?
3. 좋게 좋게 생각하자. 가치를 어디에 두는지에 대한 차이니까.

사는게 재미 없어도 반짝이는 순간은 곁에 있어

좋게, 좋게 생각하자

그러면 저 공기들은 삶의 권태에 가치가 있다고 생각하는 거야?

회사 인턴을 한 적이 있다. 대학교에서 추진하고 있는 공모전에 운 좋게 붙어서 인턴을 하게 됐다. 작가를 하고 있었기에 회사의 일이 모두 서툴고 숨이 막혔다.

그래도 조금씩 적응하기 시작했다. 정말 신기하게도 적응해 갈수록 내가 죽어가는 느낌이었다. 그래도 인턴 동기 중 한 명과 친해져서 숨통이 틔었다. 직장인의 삶이란 진짜 지옥이라는 걸 뼈저리게 느꼈다.

몇 달이 지나고 나서 이느 회식 날이었다. 상사들에게 영혼까지 버리고 비위를 맞춰가는 분위기의 연속이었다. 억지 미소를 계속 지어서 술과 안주들이 어디로 넘어가는지 몰랐다. 눈치를 보다가 화장실을 간다 하고 담배를 피우러 나왔다. 밖에서 회식 분위기를 바라보니까 여러 생각에 잠겼다. 무엇이 저

들을 저렇게까지 만들었을까?

담배를 피우고 꽁초를 버리려고 할 때, 누군가 내 등을 팍 때렸다. 상사인지 알고 너무 놀라서 '죄송합니다.' 라는 말을 먼저 뱉고 뒤돌아봤다. 친해진 인턴 동기였다. 동기도 담배를 피우러 몰래 나온 것이었다. 나는 담배 하나를 더 물었다. 불을 붙이고 동기는 나에게 한숨 섞인 말투로 물어봤다.

'왜 나와 있어'
'그냥 너무 부대껴서...'

친구는 알 수 없는 미소를 지으면서 등을 한 번 토닥여줬다. 내가 회사 생활이 꿈이 아닌 걸 알고 있었기에 뭔가 더 안타까워하는 표정이었다. 아무 말도 없이 담배 몇 모금을 더 마시고 나는 그에게 물어봤다.

'저 안의 공기, 다들 노력으로 일궈내서 마시고 있는 걸까?'

저 안의 분위기가 하나도 재미있어 보이지 않았다. 내 추측일 뿐일 수도 있다. 하지만 아무리 봐도 재미를 느끼고 있는 사람이 하나도 없어 보였다. 모두가 기계가 돼서 자연스럽게 움직이려고 발악하는 거처럼 보였다. 동기는 다른 느낌의 한숨을 쉬면서 말했다.

'좋게, 좋게 생각하자, 가치를 어디에 두는지에 대한 차이니까..'

동기는 먼저 들어갔고 나는 조금만 더 있다가 들어간다고 말했다. 기계가 되어가면서 삶에 대한 권태만을 느끼는, 저 삶에 가치를 둔다는 게 나로서는 이해가 되지 않았다. 결국 나는 인턴과정을 다 끝내지 못하고 퇴사했다. 그리고 그 동기가 해준 말이 다시 와 닿았다.

'좋게, 좋게 생각하자. 가치를 어디에 두는지에 대한 차이니까...'

나라고 별반 다르지 않았다. 나도 가치를 다른 데에 둔 거뿐이었다.

1. '사람답네' 어느 순간부터 이 말을 입에 달고 살더라.
   그게 과한 관용인지 철저한 자기방어인지 헷갈려하면서..
2. 그냥 이기심에 사랑 조금 섞는다고 생각하자.

이기심에 사랑 조금 섞는 거

참 모든 게 다 사람다워.

나를 포함해서, 너를 포함해서

사람들에게는 이러면 이러한 이유가 있다. 또 저러면 저러한 이유가 있다. 그게 삶이다. 그리고 그걸 바라보는 나라고 다를 건 하나도 없다. 이러한, 저러한 이유 속에서 나의 삶이 제외된다고 단언할 수 없다. 그래서 항상 대화를 나눌 때, '사람'이라는 단어를 습관처럼 넣게 된다. 상대방이 가지고 있는 이유를 존중해서인지, 그 이유 안에 나의 삶이 배제되지 않아서인지, 그냥 뱉는다.

'사람답네.'

이 말을 자주 하는 게 문제가 되는 건 아니다. 하지만 죄책감이 들었다. 모두를 존중하는 척하면서 나 자신을 방어하기 위해서 하는 말인 거 같았다. 이러한 생각이 머리에 박히고 떠나지 않게 된 결정적인 계기가 있다.

부모님에게 모든 걸 의지하는 친구가 있다. 그 친구는 자신을 책임지려고 하지 않고 부모님의 용돈을 받으면서 살아간다. 뒤에서 그 친구가 나잇값을 못 한다는 말을 많이 들었다.

친구 중 몇 명은 아예 대놓고 철 좀 들라고 말할 정도였다. 나는 다른 친구들이 그렇게 대놓고 말할 때, 앞에서 그렇게 말하지 말라고 화를 냈다. 사실 그들과 똑같은 생각인데도 말이다. 아니, 아마 그들보다 더 그 친구가 철없고 나잇값을 못 한다고 생각했다. 근데 내가 하는 말은 모순이었다.

'그렇게 말 좀 하지 마.'

그러고 그 친구의 이야기를 듣게 됐다. 왜 책임을 지려고 하지 않고 의존만 하면서 지내는지에 대해서 몇 시간이 넘게 들었다. 그런데 들으면서도 이해가 되지 않았다. 내 머리로는 그친구의 이야기가 와 닿지 않았고 변명이나 핑계에 불과했다. 근데 나는 본능적으로 이런 말을 뱉었고 스스로 놀랐다.

'그랬구나, 사람이니까... 그럴 수 있지 뭐.'

전혀 그렇게 생각하지도 않았으면서 이렇게 말하는 내가 낯설었다. 나는 왜 그렇게 말한 걸까. 도대체 왜 진심과 다르게 말한 걸까.

나는 그렇게 말하고 나서 어떠한 말도 해줄 수 없었다. 그 친구의 이야기나 상황은 다 그럴만한 이유가 됐기 때문이다. 친구는 나에게 고맙다고, 이해해줘서 정말 고맙다고 했다.

친구는 먼저 나갔고 나는 조금 후에 작업실을 향해 걷기 시작했다. 걷다가 갑자기 이상한 생각들이 떠올랐다. 내가 부모님에게 철없이 모든 걸 의존하려고 했던 시기가 생각났다.

'사람이니까' 이 말은 친구의 상황을 존중해서가 아니라 그 상황이었던 나의 과거에게 했던 말이라는 것을 알게 됐다.

1. 잘 만났어?
2. 그 사람이 하는 말을 듣다가 사람 자체에 귀기울이니까
   전혀 다른 게 들렸어.

사람 자체에 귀 기울이는 거

'사람에게 귀 기울여.
그 사람이 뱉는 말에만 집중하지 말고.'

아버지가 항상 해주셨던 말이다. 열 몇 살부터 아버지께서는 사람의 소리를 들으라고 하셨다. 성인이 되고 아버지는 술을 가르쳐 주시면서 한 번 더 나에게 말씀해주셨다.

'아들아, 사람 자체에 귀 기울여야 한다.'

아버지는 단 한마디도 허투루 하시는 분이 아니셨기에 명심하고 또 명심했다. 하지만 사람들을 만날 때, 들리는 건 그들이 하는 말뿐이었다. 이렇다고 말하면 이런가 보다, 저렇다고 말하면 저런가 보나. 그 이상의 생각은 들지 않았다.

말을 듣지 말고 사람에게 귀 기울여 봐.

아버지의 이 말씀이 와 닿게 된 순간은 내가 남들에게 진심과 다르게 말하고 있는 것을 알게 됐을 때다.

어디를 가도 누구를 만나도 마음속에 있는 것과 다른 말을 뱉었다. 하나도 괜찮지 않은데 괜찮다고 말했다. 그리고 사는 게 하나도 재미없는데 재미있다고 말했다. 고민과 걱정으로 가득했는데 그런 것들은 하나도 없다고 말했다. 어쩌면 그렇게 말하는 상태로 되고 싶어서 그런 것일 수도 있다.

하지만 왠지는 모르지만 그냥 그렇게 말하는 게 맞는 거라는 생각이었다. 어차피 해결되지도 않을 문제들로만 꼬여버린 나였다. 그래서 그냥 진심과 다르게 아무렇지도 않게 말해버렸다. 그리고 느꼈다. 내가 그동안 수도 없이 들어온 말들.

'괜찮아'
'고민이나 걱정 없어'
'재밌게 살고 있어'

이 모든 게 진심이 아니었을 수도 있다는 것을 알게 됐다. 사람에게 귀를 기울이는 것, 그것은 상대방이 말을 뱉으면서 풍기는 모든 분위기를 이해하는 것이었다. 나는 그동안 상대방이 뱉는 '괜찮아' 이 말만 듣고 그냥 무심코 넘어가 버렸었다. 10년

동안 나에게 말해주셨던 아버지의 마음이 보이기 시작했다.

답이 없다고 잘못 한 게 아니야.

잘못한 게 아니었다. 답이 없이 꼬여버린 그 사람의 진심 곁에서 따뜻하게 안아주라는 말이었다. 그래서 나는 삶에 대한 권태에 대하여 어떠한 답이 있다고 생각하지 않고 답을 내리고 싶지도 않다. 그저 보통의 우리가 살아가는 재미없는 그 삶을 방관하지 않고 귀 기울이고 싶었다.

'괜찮지 않아도 돼, 삶에 대한 권태와 무력감
너만 느끼는 거 아니야. 곁에서 다 같이 이런 감정을 느끼고
있어.'

close

삶에 대한 권태를 지독하게 느끼고 있는 사람이었습니다. 쳇바퀴 돌아가듯이 하루가 지나갔습니다. 답답하고 막막하지만 이러한 권태를 해결할 방법이 뚜렷하게 떠오르지 않았습니다. 답은 있는데 나만 모르고 있다는 생각이 저를 더 죽이기 시작했습니다. 하지만 삶에 대한 권태를 주제로 사람들과 이야기를 나누면서 느꼈습니다. 모두가 이 문제로 인해서 자신의 삶을 지겨워하고 답답해한다는 것을 알게 됐습니다. 그리고 그들도 저와 마찬가지로 답을 모르고 있었습니다.

제가 느끼는 답답함에 해결책을 준 것도 아니었지만, 단지 저와 비슷한 고민과 걱정을 지니고 있다는 것만으로 정말 위로가 됐습니다.

그리고 그 후, 삶에 대한 권태를 주제로 책을 쓰기 시작했습니다. 제가 느꼈던 위로를 다른 사람에게도 주고 싶은 마음이 컸습니다. 그래서 책에 어떠한 답이나 해결책을 쓰지 않았습니다. 단지 옆에서 비슷한 상황들을 보여주며 같은 감정의 농도를 전하고 싶었습니다. 그것만으로도 엄청 큰 위로와 공감을 줄 수 있다고 믿었습니다.

여러분들이 이 책을 읽고 나서 삶에 대한 차가운 마음이 조금이라도 따뜻해졌으면 하는 바람입니다. 차가움이 없어져서 느끼는 따뜻함이 아니라. 차가운 마음들이 공감대를 이뤄서 겹겹이 쌓여서 만들어내는 따뜻한 공감과 위로를 전달받기를 바랍니다.